Deß Weltberuffenen Simplicissimi Pralerey und Gepräng mit seinem Teutschen Michel

Von Hans Jakob Christoffel von Grimmelshausen

Herausgegeben von Christian Schwochert

Impressum:
©2024 Christian Schwochert
©1670 Hans Jakob Christoffel von Grimmelshausen
ISBN Softcover: 978-3-384-26174-8
Druck und Distribution im Auftrag des Autors:
tredition GmbH, Halenreie 40-44, 22359 Hamburg,
Germany

Vorwort des Herausgebers

Nur wenig wissen wir über den Schriftsteller Hans
Jakob Christoffel von Grimmelshausen. Wir wissen
nicht einmal genau, wann er geboren wurde. Es soll
irgendwann um das Jahr 1622 in Gelnhausen gewesen
sein. Das Datum seines Todes, der 17. August 1676 ist
uns hingegen bekannt. Er starb in Renchen, Hochstift
Straßburg. Über seine Herkunft wissen wir, dass er aus
einer verarmten Uradelsfamilie stammte, die wiederum
aus dem thüringischen Dorf Grimmelshausen an der
Werra kam und sich im 16. Jahrhundert in Gelnhausen
angesiedelt hatte. Wir wissen, dass er an den Kämpfen
des 30jährigen Krieges teilnahm und seine dortigen
Erfahrungen in seinem bekanntesten Werk „Der
abenteuerliche Simplicissimus" verarbeitete.
Im Renchener Kirchenbuch ist über seinen Tod
vermerkt: „Es verstarb im Herrn der ehrbare Johannes
Christophorus von Grimmelshausen, ein Mann von
großem Geist und hoher Bildung, Schultheiß dieses
Ortes, und obgleich er wegen der Kriegswirren
Militärdienst leistete und seine Kinder in alle
Richtungen verstreut waren, kamen aus diesem Anlass
doch alle hier zusammen, und so starb der Vater, vom
Sakrament der Eucharistie fromm gestärkt, und wurde
begraben. Möge seine Seele in heiligem Frieden ruhen."
Des Weiteren wissen wir, dass seine Ehefrau Catharina,
mit der er zehn Kinder hatte, ihn nur um wenige Jahre
überlebte. Sie starb am 23. März 1683. Auch ungeklärt

3

ist, wann genau Grimmelshausen seine Tätigkeit als Schriftsteller begann.

Was wir sicher haben, sind seine Bücher, dessen Bekanntestes „Der abenteuerliche Simplicissimus" schon oft neu aufgelegt wurde. Weitere Werke, die als die Seinigen identifiziert werden konnten, sind:

- Schwarz und weiß oder die Satirische Pilgerin (1666)
- Der teutsche Michel (1670)
- Das Rathstübel Plutonis (1672)
- Die verkehrte Welt (1673)
- Deß Weltberuffenen Simplicissimi Pralerey und Gepräng mit seinem Teutschen Michel (1673)

Dazu kommen einige breit angelegte galante Kunstromane im Stil seiner Zeit:

- Des vortrefflichen keuschen Josephs in Ägypten erbauliche Lebensbeschreibung (Nürnberg 1670)
- Dietwalds und Amelindens anmutige Lieb- und Leidsbeschreibung (1670)
- Des durchlauchtigen Prinzen Proximi und seiner ohnvergleichlichen Lympidä Liebesgeschichterzählung (1672)

Vom „Simplicianische Zyklus" werden für gewöhnlich nur Band 1 bis 5 veröffentlicht, die als „Der abenteuerliche Simplicissimus" bekannt sind.
Für Sie liebe Leser soll hier nun „Deß Weltberuffenen SIMPLICISSIMI Pralerey und Gepräng mit seinem Teutschen Michel" von 1673 neu herausgegeben werden. Dabei handelt es sich übrigens nicht um ein Buch des „Simplicianische Zyklus", welcher aus zehn Bänden besteht; auch wenn der Titel auf den ersten Blick ein wenig so wirkt. Aber der Schalk des Simplicissimus lacht uns trotzdem auch aus diesen Seiten ein wenig entgegen. Da das Buch von 1673 ist, ist es logischerweise gemeinfrei.
Ich hoffe auf diesem Wege ein Stück deutsche Kultur den Leuten der heutigen Generation neu nahebringen zu können.
Aber nun genug der Vorrede.
Haben Sie viel Freude beim Lesen eines Stücks deutschen Kulturgutes. Und am Ende gibt es noch ein paar nette Buchtipps.

Mit freundlichen Grüßen
Christian Schwochert

Deß Weltberuffenen
SIMPLICISSIMI
Pralerey und Gepräng
mit seinem
Teutschen
Michel /

Jedermänniglichen / wanns seyn
kan / ohne Lachen zu lesen erlaubt

Von
Signeur Meßmahl.

Gedruckt unter der Preß / in dem
jenigen Land / darinnen dasselbe lobwürdig
Geschirr erstmahls erfunden
worden /
Als seine Liebe Innwohner neben andern
Völkern anfingen / Den Iahren Unsers
Heils nach / In gleicher Zahl
zu zählen

Innhalt dieser pralerhafften
Scartecken.

Cap. I.

Lob der Sprachkündigen.

Cap. II.

Daß einem drumb an der Volkommenheit
nothwendig nichts abgehen müsse / wann er gleich nur
seine Mutter-Sprach redet und verstehet.

Cap. III

Von absonderlicher Hoffarth etlicher
Sprachhelden / die ihnen wohl übrig verbleiben könte.

Cap. IV.

Noch von einer andern Art Sprachverbesserer /
oder warhaffter zu reden / Teutsch-Verderber.

Cap. V.

Daß es wider der alten Teutschen Gewonheit: und
bey ihnen nicht Herkommens: Sondern vielmehr sehr
unbequem und beschwerlich: ja gleichsamb unmüglich
sey / allen frembden Dingen teutsche Namen zugeben.

Cap. VI.

Von einer dritten Gattung Sprachhelden / so zwar in zweyerley Sorten bestehen / von welcher wegen noch niemahl kein Gebott außgangen / daß man sie bey hoher Straff keine Narren nennen soll.

Cap. VII.

Vermeldet noch von unterschiedlichen Geckereyen / deren die sich auff verschiedenen Weise / durch die Sprach groß und ansehnlich machen wollen:

Cap. VIII.

Continuation voriger Materi, sambt Erzehlung der lächerlichen Kurtzweil / welche zween Welsche anzustellen veranlasst.

Cap. IX.

Von denen / so sich eigne Sprichwörter ohnwissend angewöhnen / und was sich deßwegen offt vor lächerliche Schicke zutragen.

Cap. X.

Was gehey ich mich drumb?

Cap. XI.

Wo das beste Teutsch zufinden.

Cap. XII.

Der teutschen Sprach sonderbare Art und Eigenschafft / sambt Anregung / deren Reichthumb von vielen überflüssigen Wörtern.

Cap. XIII.

Daß es nicht jederzeit rathsamb sey / sich mit seinen frembden Sprachen an den Laden zu legen.

Caput I.
Lob der Sprachkündigen.

Mehr als gewiß ists / und es wirds auch
nimmermehr kein Verständiger verneinen / daß es einem
Manns-Menschen (die Weibsbilder werden billich von
diesem Geschäft in seiner gewissen Maaß
ausgeschlossen / weil nicht viel auf die geraifte Frauen
und erfahrene Jungfern gehalten wird) nicht übel:
sonder recht wol / zier- und löblich anstehet / wann er
vieler Sprachen erfahren; Und wann ein solcher das
Lobwürdige / so er gelernet und begriffen / seinem
Vatterland zum besten: und seinem Nächsten zum
Nutzen anzulegen genaigt und beflissen ist / so ist er
billich mehr zu ehren und hervor zu ziehen / als sonst
tausend seiner andern Landsleuth / die nur hinterm Ofen
gesessen / und nichts anders können / als Aepffel oder
Birn braten.

Der Elephant und das Naßhorn übertreffen den
Menschen mit der Grösse: die Hirsch kommen ihm
zuvor mit ihrem schnellen Lauff / die Ochsen mit ihrer
Stärke: die Lüchse mit ihrem Gesicht: die Löwen mit
ihrer hertzhafftigen Großmütigkeit / die Affen mit der
Geschwindigkeit / die Hunde mit ihrem Geruch / etc.
Aber der Mensch gehet ihnen allen vor mit der Sprach!
Man liset zwar / daß etliche Raben / Atzlen und Staaren
geredet / höret es auch noch täglich an den Papegeyen /

und ich selbst hab eine Dole abgerichtet / daß sie unterschiedliche Wörter ausgesprochen; Aber es ist ein grosser Unterscheid zwischen ihrer und der Menschen Red / bey dieser erzeiget sich Vernunfft und Verstand / welches allerdings bey ihnen manglet; Die Häher / die man auch Schecken nennet / öhmen der Hunde bellen / der Geissen und Schaafe plecken / der Hüner gacksen und andern Thiern mehr dergleichen Dings nach / sie wissen aber drumb selbst nicht warumb? Also lernen zwar etliche Vögel einige deutliche Wörter aussprechen / wissen und verstehen aber nicht / was sie gelernet und geredet haben / wie im Gegentheil der Mensch thut; Dannenher ohn Zweifel die Griechen beydes die Red und den Verstand mit einem Namen λόγος genennet / weil sie mit einem unzertrennlichen Band zusammen gebunden / zumahlen eine Red ohne Verstand vor keine Red zu halten.

Wann nun der Mensch umb seiner vernünfftigen Sprach willen allen Thiern vorzuziehen / umb wieviel höher ist dann der jenig zu halten und zu ehren / der unterschiedlicher Sprachen kündig / und damit beydes die unvernünfftige Thier und andere Menschen / die nur ihre Mutter-Sprach reden können / übertrifft?

So ist auch der Nutz / den man von den Sprachkündigen hat / an sich selbsten sehr nahe unaussprechlich / und

zwar / wann man nur schlechthin bedenckt / was vor
Künste und Wissenschafften unsere gelehrte liebe
Teutsche durch Ubersetzung frembder Bücher ihrem
Vatterland beygebracht und mitgetheilet haben! massen
mehr als genugsam bekandt / daß unsere kriegerische
rohe Vorfahren sich / als ein wildes Volck / nicht so bald
der Weisheit beflissen / wie die Aegyptier / Hebraeer /
Griechen / Lateiner / und andere Völcker gethan / die
auch anfänglich / und zwar gar zeitlich zu ihrer Sprach
bequeme Buchstaben erfunden; daß nun Teutschland zu
einem und dem andern gelangt / hat man sonst niemand
als den Sprachkündigen zu dancken; ja nicht nur dieses /
sonder auch / daß wir durch sie die Erkandtnus GOttes
und seines heiligen Worts und Willens empfangen /
wannenhero wir die seelige Ewigkeit zu hoffen / in
deren Ermanglung wir hingegen der Verdambnus nicht
entrinnen möchten;

Dann gleichwie GOtt zu Nimbrods Zeiten durch
Zertheilung der Sprachen die Menschen voneinander
trennet / daß sie den vorhabenden gewaltigen Thurn zu
Babylon nicht auszubauen vermöchten; Also hat Er
nach der Himmelfahrt unsers Erlösers durch Sendung
seines H. Geists den Aposteln die Gab geben mit
mancherhand Zungen zu reden / damit sie durch solches
Mittel die Menschen wieder in Einigkeit zusammen

bringen: und Ihme also die Christliche Kirch aufferbauen könten.

Ist also die Gab unterschiedliche Sprachen zu reden / nicht allein eine nutzliche und höchstnothwendige: sonder auch eine Göttliche Gab / ohne welche die hiebevor barbarisch gewesene Völcker immerhin im Finstern leben / und wie das Viehe sterben müssten; da sie hingegen in Geniessung derselben jetzunder das jenige / warzu sie als Menschen erschaffen / vollbringen: und ihrer Seelen Heyl würcken können; und wol dem / der diese hohe Gab (welche der H. Paulus der Gab der Propheceyung verglichen) durch GOttes Gnad besitzt / und solche zu seines Schöpffers Ehr: zu seiner Seelen Heyl / und zu seines Nächsten und Vatterlands Nutz wol anlegt.

Derohalben wie die Apostel und andere Glaubige in der Ersten Kirch damit begabt / also haben auch alle Christliche Theologi sich derselben beflissen; und beklagt der H. Augustinus lib. Confessionum, daß Er sich in seiner Jugend in dem Sprachen nicht mehr geübt / welche ihm jetzund zu Erklärung Heil. Schrifft so trefflich zu statten kämen; bezeugt auch lib. de doctrina Christiana, daß die Lateiner zum rechten Verstand der H. Schrifft der andern beyden Sprachen / nemblich der Griechischen und Hebraeischen bedörfftig; und scheinet / daß Christus selbst diese drey Sprachen hierzu am H. Creutze geheiligt / allwo sie auff seinem Sieghafften Titul gestanden.

Die Juristen müssen ebenmässig frembder Sprachen kündig seyn / sintemal der Codex Justinianaeus so viel griechische Wörter in sich hält / daß zu vermuthen / er seye erstlich in derselben Sprach beschrieben worden; Und wie können die rechtschaffne Medici frembter Sprachen entbehren / wann sie den hebraeischen Isaac Rabbi levi: Die Arabische Aertzt Avicennam und den Averoes: den griechischen Hippocratem und Galenum und anderer Nationen Autores, so von der Medicin in ihrer Sprach geschriben / verstehen wollen? Und eben also ists auch mit den Mathematicis beschaffen;

Und wie will ein Stadt in die Läng bestehen oder eine Nation glückselig regiert werden können / wann deroselben vornembste Vorsteher und Regenten der benachbarten Sprach (mit denen sich gleichsamb täglich irrige Händel und Spänn zutragen) nicht verstehen? Müste nicht alles / was sonst durch eine freundliche Unterredung gütlich beygelegt werden könde / auff Verbitterung und blutige Krieg hinaus lauffen? Und zwar / so ist es auch denen / so Krieg führen / so nötig / ihrer Feinde und des Lands Sprach / darinn sie kriegen /

zuverstehen / als nötig ihnen Gewehr und Waffen / Vivers und Munition immer seyn mag! Was wollen wir aber vom Kauffhandel sagen / der mit Außländischen getrieben werden muß? Wie würde sichs immermehr schicken / wann man dasselbe wichtige Geschaffte (das in so vielen unterschiedlichen oder absonderlichen Stücken bestehet / als man bey nahe Wahren und Geldsorten findet / und welches itzige Welt weder entbehren will / kan noch mag) nur mit deuten / wie man mit den Stummen handlen muß / verrichten wolte? Würde es nit gehen / wie man findet / daß es den Atheniensern mit einem Narren gangen / welchen ihnen die Römer / als sie von ihnen Gesetze begehrt / zu einer stummen Disputation vorgestellt / umb zuerfahren / ob sie / die Römer / auch würdig wären / solche heilsame Recht und Gesetz zu empfahen oder nicht? Alwo die Weise von dem Narren betrogen worden?

Man sagt von einem Frantzosen / welcher sich von seiner Gesellschafft in Cöln verirret / und so lang herumb gelauffen / biß ihne der Hunger dermassen im Magen vexiert / daß er allerdings krafftloß darvon worden / weil er auff teutsch weder Speiß noch Tranck fordern / viel weniger nach seiner Herberg fragen können / biß ihm endlich einer von seinen Landsleuten / den er an der Kleydertracht erkant / auffgestossen / welchem er seine Noth geklagt / der ihn in eine Gasse

17

gewiesen / und gesagt / er werde dort ein Hauß finden mit einem ausgehenckten rothen Schild / alwo man ihm gnug Essen und Trincken umbs Geld geben würde; Der gute Kerl folgt / gerath aber in eines Balbiers Hauß / das auch einen rothen Schild hatte (massen nit nur die Wirths: sondern auch andere Häuser mehr alldorten Schild zu haben pflegen) und deutet damit ins Maul / als hätte er sprechen wollen / man solte ihme etwas zu fressen hergeben: Der Barbierer aber verstehet / er solte ihm einen Zahn ausbrechen / sucht derowegen seine Instrumenten hervor / das Werck anzugehen / dem sich aber der Welsche von allen Kräfften widersetzte / aber es halff nichts / dann weil der Balbier vermeinte / er entsetzte sich vor dem Schmertzen / nahm er seine beyde Gesellen zuhülff / und riß dem Tropffen wider seinen Danck und Willen einen Zahn auß / vor welche Mühe er ihm noch darzu lohnen muste.

Seynd also die Sprachkündige nicht allein alles Lobs und grosser Ehren werth / sondern sie können auch mit jederman umbgehen / und vielen andern verholffen seyn / welche die Sprache nicht verstehen; Könige und Potentaten können der Dolmetschen so wenig als gemeine Leuth entberen / wenn sie mit Frembden zuthun haben / sonder müssen sie wo nit unter ihre Liebling: doch wenigst unter die jenige rechnen und auffnehmen / die stetig umb sie seyn.

18

Caput II.
Daß einem drumb an der Vollkommenheit nothwendig nichts abgehen müsse / wann er gleich nur seiner Mutter-Sprach redet / und verstehet.

GOtt hat durch seine allerweiseste und gütigste Vorsehung einem jeden Ding / das er dem einen oder andern Menschen als eine sonderbare Gab vor andern verliehen / so ihn aber zur Hoffarth reitzen möchte / etwas entgegen gesetzt / das ihne in den Schrancken der Demuth zu verbleiben erinnert / und seiner selbst Erkantnus wahrzunehmen; Das allerschönste Frauenzimmer hat die allergröste Gefahr an seiner Ehr und Keuschheit am allerersten Schiffbruch zu leiden; Die allerheiligste Menschen werden vom Teuffel am mehristen versucht; Die tapfferste Helden-Gemüther müssen die gröste Gefahr überstehen; Das Ehrwürdig Alter hat durch Erfahrung grosse Weißheit gesamblet / empfindet aber auch mehrere Gebrechlichkeiten als die unbesonnene Jugend! auff daß es nit zu auffgeblasen werde; Man sagt / je gelehrter je verkehrter; und weiß noch nicht / ob Demosthenes und Cicero mit ihrer Witz und Wolredenheit dem gemeinen Nutz mehr geschadet oder genutzet haben?

Gleichwie wir aber das Gute selten erkennen / und das / was uns zur Demuth / dem Fundament aller Tugenden / weiset / noch langsamer annehmen; Also bilden sich theils Sprachkündige ein / wollen auch andere Leuth so bereden / sie allein hören das Graß wachsen; Ist aber ein irriger Wahn und grosser Fehler unserer Zeit / wann man ungezweiffelt darvor halten will / es müsse ein jeder Teutscher Weltmann nothwendig Latein: Frantzöß: und Sclavonisch: Ein jeder Geistlicher aber neben seinem Latein auch Griechisch und Hebraeisch verstehen / reden und schreiben können / soll man anders jenen vor klug und erfahren: diesen aber vor gelehrt genug halten; gleichsam als wann GOtt Weißheit und Verstand / ja alle Kunst und Wissenschafften nur in die fremde Sprachen verborgen / und eines jeden Muttersprach / oder vielmehr die jenige / so nur ein Sprach reden / allein lähr gelassen hätte.

Wir können nicht eitel Mirandulani, Scaligeros, Salmasii, Vossios, Grotii, Heinsii, Birckheimer / und dergleichen Sprachkündige Wundermänner seyn / welche ohn das unter allerhand Ständen so dünn gesäet / als die annoch verhandene gewichtige Rosenobel / die ehemahlen auß Raimundi Lullii Kunstgold gemüntzt worden seyn sollen; dann es ist nicht jedem gegeben mit Zungen zu reden (und gleichwol haben wir keinen Mangel an erfahrnen / weisen / tapffern / kunstreichen / und allerhand geschickten Leuten! deren man gemeiniglich mehr als der Sprachkündigen findet). Der Engel ist diese Gab eigen / und den heiligen Dienern

GOttes wird sie bißweilen zu Außbreitung seines allerheiligsten Nahmens Ehr verliehen / wie wir von den Aposteln und andern mehr lesen.

Zwar ists eine gewisse Anzeigung einer vortrefflichen Gedächtnus / wann ein Mensch viel Sprachen lernen und behalten kan / und dahero zu schliessen / ein solcher werde auch im übrigen keinen höltzern Kopff haben / in welchem sich kein Hirn befindet; Aber in Warheit dieser Wahn betreugt offt; neulich war ich dabey / als sich ein Sprachheld bey einem vornehmen Obristen umb Dienst anmeldet; er wurde gefragt / was er könte / und was vor Dienste er zuversehen getraute? Seine Antwort war / ich rede meine Sprachen / Latein / Frantzösisch / Italianisch / Spanisch und Böhmisch! mit den Geberden aber gab er genugsamb zuvernehmen / daß er entweder wenig bey rechtschaffnen Leuthen gewesen / oder daß ihm sonsten durch Einladung so vieler Sprachen die Hirnkammer dermassen angefüllt worden / daß kein Winckel mehr übrig / noch etwas nutzlichs hinein zu packen; Kurtz gesagt / er sahe auß / wie einer / dems ins Tach regnet. Der Obrist antwortet ihm / die Atzlen können auch schwätzen / aber die losen Vögel können auch sonst nichts anderst / als das Gelt vertragen; Und damit hatte der gute Kerl seine Abfertigung; hätte er aber darneben auch Pulver schmecken können / und auff den Nothfall die Hand mit an den Degen zu legen getraut / welches viel Einspracher geschwind lernen / so wäre er ohn Zweiffel bey diesem Herrn willkommner gewesen / wann er gleich ein par Sprachen weniger gekönt.

Es ist sich aber nicht drüber zu verwundern / wann einer drüber zum Narren wird / der neben dem Teutschen auch vollkommen Lateinisch / Hebraeisch und Sclavonisch lernen will / dann auß dem Hebraeischen kombt Syrisch / Chaldaeisch / Arabisch / Persisch / Medisch / Türckisch / aus dem Sclavonischen Polnisch / Böhmisch / Russisch / Croatisch / Wendisch etc. Auß dem Lateinischen / Italianisch / Spanisch / Französisch / und mancherley Rebsteckenwelsch / gleichwie auß dem rechten Teutschen Holländisch / Englisch / Dänisch / Schwedisch / Nordwegisch etc. entsprungen; Wann nun einer alle Kräffte seines Verstandes anlegt / diese Sprachen zulernen / massen viel Witz in einem guten Kopff hierzu erfordert wird / Lieber / was wird ihme übrig verbleiben / solches zu andern Sachen zugebrauchen? Sehen wir doch täglich /wie geckisch sich theils der Unserigen beydes in Kleidung / Sitten und Geberden stellen / wann sie auß Franckreich kommen / und kaum anderthalbe Sprachen gelernet / wie wurden sie ererst thun / wann sie deren noch mehr könten?

Aber gesetzt / es wäre irgends ein solcher Wunder-Mensch (die liebe Heylige neben den guten und bösen Englen werden hier außgenommen) der alle obige Sprachen / und noch darzu Malaisch / Chinesisch / Japonisch / Americanisch / Griechisch / Abissinisch / und in Summa alle Sprachen die sich unter der Sonnen befinden / mit und bey guter gesunder Vernunfft verstehen / reden und schreiben könte? Lieber / was wärs alsdann wol mehr? Mithridates König in Ponto redet 22. Sprachen / und der Römer Crassus kondte seinen Untergebenen in Asia durch fünff underschidliche dialectos der Griechischen Sprach recht sprechen! aber waren dise beyde Sprachkündige drumb besser / edler / weiser / klüger / und was das meiste ist / glückseliger als andere Menschen ihrer Zeit / die nur ihre eintzige Mutter-Sprach geredet? Ich gestehe es / man hat Ursach sich über sie und andere zu verwundern! hätten sie aber so heilig gelebt / und wären so selig gestorben als der heilige
Kirchenlehrer Hieronymus / welcher Hebraisch / Chaldaeisch / Persisch / Medisch / Arabisch / Griechisch und Lateinisch gekönt / so hielte ichs vor kein Wunder / wann sich etliche Sprachkündige entblödeten den Unwissenden einzubilden / die Kündigkeit viler unterschidlicher Sprachen mache die Menschen nit allein vollkommen / gescheid / klug / und besser als

andere / sonder sie sey auch nöthig zu dem höchsten
Gut zu gelangen.

Der grosse berühmte Einsidel Antonius konte nicht
allein sonst keine als seiner Mutter Sprach / sonder war
auch gar deß Lesens und Schreibens ohnerfahren / und
dannoch wuste er die gantze heilige Schrifft sambt ihrer
Außlegung! Er war nit gereist /die Weißheit in der
Frembde zusuchen / noch sie und sein Vollkommenheit
in den Außländischen Sprachen zu ergreiffen / und
gleichwol lieffe alle Welt: ja der Keyser selbst sendet zu
ihm / als zu einem seltenen Wundermann / jene von ihm
zu lernen / dieser seines Raths zu pflegen / beyde Theil
aber sich in sein Gebett zu befehlen.

Ist und verbleibt demnach ein blinder Wahn / deren
die darvor halten / und andere Leuthe auch also zu
glauben bereden wollen / man könne nicht recht
verständig seyn / noch vor vollkommen gnug gehalten
werden / man habe sich dann zuvor durch Begreiffung
frembder Sprachen darzu bequemt und einen Weeg zur
Witz gemacht; den Verstand dardurch erhöhet; die
Vernunfft geschärpfft! die Sinne erleuchtet / und in
Summa alle gute Gaben (die aber / wie man in meinem
Heimet sagt / von oben herab kommen) durch die Thür
der frembden Wörter erhascht / und sich zugeaignet;
dannenhero kombts / daß sich bißhero noch kein

verständiger Teutscher zu todt gegrämt / vil weniger
sich gar erhenckt / umb willen er keine andere als seiner
Mutter Sprach begreiffen mögen; wirds auch fürterhin
noch keiner thun / weil er keine sonderbare grosse
Ursach darzu hat.

Caput III.
Von absonderlicher Hoffart etlicher Sprach-Helden /
die ihnen wol übrig verbleiben könnte.

Gleichwie ichs vor einen groben Unverstand halte /
jemand umb dessentwegen zu tadlen / der frembde
Sprachen zu lernen sich bemühet / ja einen solchen
Tadler seinen Unverstand mehr vor eine Sünd als eine
Grobheit auffrechnen wolte / wann er dergleichen etwas
wider einen Sprachkündigen auff die Bahn brächte / der
das jenig / was er erlernet / wol anlegt / und beydes
seinem Vatterland und Neben-Menschen damit dienet:
Also ist mir hingegen unmöglich das Lachen zu
verhalten / wann ich sehe / wie hochtrabend ein
Teutscher herein tritt / so bald er nur ein wenig von
unserer Nachbarn zusammen geflickten Sprachen
verstehen und daher lallen kan! ob sie gleich
unserer vollkommenen in / an / und vor sich selbst
bestehenden Teutschen Helden-Sprach weder an Güte
noch Alterthumb das Wasser nit zu bieten vermögen.

Dann Lieber wer wolte nicht lachen (er wolte dann mit
aller Gewalt sich zwingen ein Heraclites zu seyn) wann
er sihet / daß ein solcher Phantast auch durch närrische
Veränderung der Sitten und Kleydungen sich verlarven:
mit allem fleiß zum Unteutschen machen: und seine
redliche Landsleut verachten will / weilen sie nit so
meisterlich als er auff Böhmisch zu stehlen: aufs

Cretisch zu lügen / auff Italianisch zu lefflen: auff
Spanisch zu schmeichlen und zu betriegen: auff
Russisch zu prallen / und auff gut Frantzösisch zu
potzmartern wissen; welches dann bey theilen
gemeiniglich die schöne Tugenden und siben Sachen zu
seyn pflegen / die sie neben den erlernten Sprachen umb
ihr gut Teutsch Gelt in der Frembde begriffen / und mit
sich nach Hauß gebracht haben; es wäre dann sach / daß
der ein oder ander gelehrnige Kopff auch erfahren / was
neben einem bösen Gewissen die Spanische Blattern:
Frantzösische Grätze und Italianische Driesen vor
grausame Thier seyen. Es sihet ihm gleich / wann die
Indianische Pfauen und Calecutische Haanen mit
hangenden Flügeln und ausgespreiten Schwäntzen
prangen / als ob sie mit solchen hoffärtigen närrischen
Gebärden und stoltzem Schnupffen und Gekoller
unserem teutschen Geflügel auffrupfften und rühmten /
aus wie fernen Landen sie / als ein vortreffliche edle Art
/ zu ihnen hergeholet worden sey; dessen dann unser
teutsch Geflügel / wann es ihm sowol als den Menschen
gegeben worden wäre / sich satt genug lachen möchte;
Wann aber unsere eingeborne Lands-Kinder so
auffziehen / und [i]n unnöthiger Herweisung der
erlernten Sprach / der närrischen Gebärden: der
frembden Kleyder-Tracht und erst kürtzlich
angenommener ausländischen Sitten sich auszuärtlen

scheinen / was thuen sie anderst / als daß sie ihre ernsthaffte redliche Landsleuth / die nicht gleicher Thorheit mit ihnen ergeben / verachten? soviel an ihnen ist / ihr Vatterland verläugnen: und sambt seinen Einwohnern verschmähen wollen? in und vor sich selbst aber sich ihres Herkommens unwürdig machen. Wie aber die Sitten und Gebärden eines solchen Phantasten beschaffen / hat meine nahe Baaß Catharin (die mir zwar keine Verwandtschafft gestehet / sonder mich zum Salbader logirt / wiewol sie die drey ärgste Ertz-Narrn in der Welt auff einen Wurff: gleichwie ich den Simplicissimum geborn) in ihrem Kindbeth am 20. Capitel mit lebendigen Farben geistreich genug abgemahlet / allwo sich der großgünstige Leser Berichts erholen mag.

Es ist aber schon vorlängst eine allgemaine Sucht eingerissen / der Art / daß die jenige / so daran kranck ligen / weit von ihrem Vatterland gebürtig zu seyn wünschen; diese wurde so hefftig / daß auch aus selbiger ungereimten Thorheit ein Sprichwort entsprungen / welches man zu denen gesagt / die man verachten wollen; (nemblich) Du bist nit weit her! Wann nun eine Narrheit die andere entschuldigen könte / so müste diese denen / welche aus Teutschgebornen zu der ausländischen Nationen Affen worden / umb etwas wenigs zum besten gedeyen / (vornemblich weil ohnedas kein Prophet in seinem Vatterland etwas gilt) also daß man sie noch neben andern Blödhirnigen gedulten möchte.

Doch behüte mich mein GOtt / daß ich einen / der gelerniger als ich / klüger als ich / erfahrner als ich / höflicher als ich / geschickter als ich / verständiger als ich / kunstreicher als ich / etc. darumben unter die Narren zehlen solte / weil ich selbst ein Ignorant und grober / ungeschickter / unwissender Esel zuverbleiben praedestinirt seyn: und nicht zum tausendsten Theil so vil Witz haben möchte / mich / wie sie es können / durch die läuffige mode unserer Zeit bey jederman beliebt und angenehm zu machen; Nein so weit treibet mich der Neyd und Mißgunst nicht! Aber gleichwol erinnert mich der Eyfer vor die ehemahls so hochberühmte teutsche Standthafftigkeit / die jenige Wanckelmüthige / so auß obiger Kranckheit angetriben / ihrem Vatterland frembd werden wollen / zu dem weisen Thale in die Schul zuschicken; welcher dem Glück eben so hoch gedanckt / daß er ein Griech und kein Barbarus: als daß er kein Weib: sonder ein Mann / ja kein unvernünfftig Thier / sonder ein Mensch geboren worden! und hierzu veranlast mich vornemblich diß / daß ich täglich sehe / wie etliche unserer Landsleuthe sich selbst verderben / und ihrer teutschen Art absterben / wann sie sich neben Ergreiffung frembder Sprachen /

auch frembder delicater Speisen / prächtiger Kleydungen Gebrauchs: und im übrigen durchauß ein zärtlich Weibisch / ja schier Viehisches Leben angewöhnet: und sich also ihres Herkommens / Standes und Namens entwürdigt haben.

Schön stehets / wie ich auch oben gemeldet / wann einer sprachkündig ist / und geraiset hat! Aber gleichwol schätzte das Oracul zu Delphis Aglaum Psophidium vor den allerglückseligsten Menschen seiner Zeit / ob er gleich niemahlen keinen Fuß auß seinem geringen Bauren-Gut gesetzt / noch ein andere Sprach / als die seine Mutter geredet / gelernet hatte: Uberdas haben die nahmhaffteste Völcker ihr Vatterland und dessen gemeinen Nutzen jeweils höher geachtet / als ihr aigen Reputation, Ehr und Leben / massen an den tapffern Spartanern abzusehen; und welcher es mit fremden Sitten befleckt / hat schlechte Ehr davon getragen / wie noch an dem Nachklang deß Römers Scipionis Asiatici wahrzunehmen!

Und zwar ihr neugierige verderbte Landsleuthe / machts wie ihr wolt / so könnt ihr euch selbst doch nicht anderst machen; ihr müsset ein: vor allemal geborne Teutsche seyn und verbleiben / und solt ihr gleich die Vorhäut auff Jüdisch oder Türckisch / eben als wie die Bärt auff Frantzösisch / Spanisch oder Croatisch beschneiden lassen; ja wann ihr gleich Tartarisch reden: mit den Indianern nackend gehen: oder euch gleich den Novazemblern in Beltzwerck biß über die Ohren verkleyden würdet.

Ihr arme Tropffen seyd schier zubetauren / die ihr sonst so klug und erfahren seyn wollet / und billich seyn sollet / daß ihr euch selbsten nicht kennet / sonder verkleinert! wisset ihr dann nicht / daß ihr von den Teutschen der Allerdapffersten: der Alleredelsten: der Allerältisten Nation unter der Sonnen entsprungen? Wisset ihr nicht / daß beynahe die vornembste Geschlechter: und es manglet wenig / die Allerdurchleuchtigste Häuser in Hispania / in Italia und anderswo mehr / sich vor ein grosse Ehr halten; wann sie sich nur ein wenig zurühmen vermögen / ihre Vorfahren seyen auß Teutschem Geblüt entsprossen? Seyd ihr dann so unwissend / oder wolt ihrs sonst nit achten / daß die jetzige Frantzosen selbst von den Teutschen abkommen; deren unteutschen Sitten (die sie vielleicht von den alten Gallis, welche ihre alte teutsche Vorfahren ritterlich überwunden / erlernet und angenommen) ihr jetzo nachöhmet? und vermittelst solcher Nachäffung euerem Vatterland zum Spott und Hohn euch dem einen oder anderen zum Schlaven macht; gleichsamb als wären selbige von unseren Löbl. Vorfahren mit Fleiß in die umbliegende Länder geschickt worden / fremde Sitten und Gebräuch zu begreiffen / damit sie euch künfftig / wie jetzt vor Augen zu sehen / Gesätze vorschreiben: und euch lernen solten / wie ihr euch in Kleydungen / in Geberden / in Essen und Trincken etc. etc. etc. und was das allermeiste ist / in Beobachtung euer und euers Vatterlands selbst Erhaltung stellen und anlassen sollet!

Wisset ihr nicht daß die alte kluge Egyptier / und ihr gewaltiges Königreich / die ihres gleichen in der Welt nit gehabt / zu Grund gangen? Wisset ihr nicht / daß die alte Phoenicier abgangen / die ehemals wegen so vieler sinnreichen Erfindungen dem gantzen Erdboden mit ihrem annoch unsterblichen Lob durchstralet? Wisset ihr nicht / daß die Herrlichkeit und Majestät deß Römischen Volcks von euren Edlen Vorältern gedemütigt: und der Adler von ihnen auß seinem Nest zu uns Teutschen gehollet worden? Worüber sie dann auch ihre aigne Sprach das reine Latein nit behaupten mögen / sonder sich mit einer zusammen gestickelten / sowol als die Frantzosen / von ihren Müttern / beschlagen lassen müssen; Was habt ihr vor Ursach den Griechen nachzuöhmen? Sie haben zwar gegen andern Völckern zurechnen / so wol als die Hebraeer / Chaldeer / und Araber auch vortrefliche Leuth der Welt geboren und dargeben; aber sehet! sie seyn auch so wol als dise zu Sclaven worden / so / daß bey ihren Nachkömblingen kaum ein geringer Schatten von dem Glantz ihres hiebevorigen Ruhms übrig verblieben! Wohingegen euere liebe Vorfahren nicht allein seit unsers Großvatters deß Aschenatz Zeiten ihr Vatterland unvermischt und rein erhalten / beständig bewohnet / und gegen alle andere Außländer beschützt / sonder noch darzu dasselbe mit der frembden Künsten / Wissenschafften: (geschweige hier ihrer aignen Erfindung / als der Zeig- und Schlag-Uhren / der Druckerey / deß Büchsen-Pulvers) ja was noch mehr ist / so gar mit der Römischen Monarchia illustrirt und geziert: und in Summa es so weit gebracht haben / daß nunmehr zufragen stünde / was guts und nutzlichs doch immermehr jetziger Zeit die Außländer noch übrig hetten / daß wir nit so wol als sie vorlängst besessen; was es wäre / daß der Mühe noch lohne / daß umb dessentwillen ein teutscher Sinn durch Lernung frembder Sprachen den Kopff zerbreche? Es nehme dann der eine oder andere der Schacherey halber die Müh auff sich / darvon er aber wenig Ruhm und Ursach zu pralen haben wird.

Darumb mein lieber Teutscher Landsmann / überhebe dich nit in deiner Einbildung / wann du gleich ein baar vermischter Sprachen von deinen auch vermischten Nachbarn: oder auch wol gar die drey so genante Haupt-Sprachen (das eintzig ansehenliche Uberbleibsel der

Juden / Griechen und Römer) gelernet hettest; GOtt gab
seinen Aposteln Gnad mit allerhand Zungen zureden /
warbey sie dannoch demütig verblieben / als welche wol
wusten / daß hingegen andere die Gab hatten zu
weissagen / Teuffel außzutreiben / Todte zuerwecken
etc. ob sie gleich nit mit Zungen redeten; wann Witz /
Weißheit und Verstandt oder Tugend / und Dapfferkeit
allein in den frembden Sprachen verborgen läge / so
würden beydes Hebraeer / Griechen und Lateiner die
Herrlichkeit ihrer Reiche im Flor: und ihre so
glückselige und wolgesegnete Sprachen bey ihrer
Reinigkeit erhalten haben; welche aber sie selbsten
jetzunder bey ihnen so schlim antreffen lassen / als
wann sie sich ihrer schämten.

Caput IV.
Noch von einer anderen Art Sprach-Verbesserer /
oder wahrhaffter zu reden / Teutsch-Verderber.

Ohne dise erzelte ohnärtige Art / Vatterlands- und
Muttersprach-Verächter / gibts noch eine andere
Gattung Sprach-Helden / welche jenen zuwider / unser
Teutsches / gleich wie die Affen ihre Junge / nur gar zu
hoch lieben / und dasselbe durch Erfindung neuer
Wörter: oder vilmehr durch eine neue zuvor
unerhörte Orthographiam: wie die Alchimisten die
unvollkommene Metall durch ihr Elixir divinum, auff
den höchsten Grad zubringen sich bemühen / umb ihnen
bey der unbeständigen neugierigen Welt ein Ansehen
zumachen; gleich wie sie aber hierin nur ihr aigne Ehr
suchen? also bringen sie auch so närrische Ding / so
lächerliche Fratzen / so lahme Zotten / so elende
Mißgeburten auff die Bahn / daß ich mich kühnlich
versichert halten kan / wann ich meinem Schulmeister
mit dergleichen Grillen auffgezogen kommen wäre / wie
sie zu thun pflegen / daß er mich dermassen zerfitzt
hätte / daß ich gumpen müssen wie ein Esel / dem
irgends einer eine Hand voll scharpffer Distel oder
Brenn-Nessel unter den Schwantz gelegt.

Ihr elende Tropffen! was bildet ihr euch ein? daß
ihr euere Vätter vnterstehet zu lernen / wie sie Kinder
zur Schul thun: und euere Mütter / wie sie ihnen die

Sprach mit eurer durchsaurten / an statt der wahren und rechten natürlichen Muttermilch einflötzen sollen? Warhafftig ihr dauret mich / wann ihr durch solche Thorheit und vergebliche Mühe hoffen wollet / bey der allerlobwürdigsten Frucht-bringenden Gesellschafft euern Banner anzubringen / und euerer Teutschverderberey wegen an selbigem höchstrühmlichsten Ort einen Ehren-Platz zu finden; allwo man euch billicher mit Ruthen zu stäupen: als mit Ehr und Lob zu becrönen befugt.

Betrachtet doch / ich bitt euch um Gottes willen! betrachtet doch selbst; was ein rechtschaffner / ehrlicher alter Teutscher gedencken und sagen möchte? wann er siehet / daß ihr Fader für Vatter: slächt vor schlecht: entslagen vor entschlagen: Kwäll vor Quell: fon für von: sleichen vor schleichen: fer vor ver: fil vor viel: ädel vor edel: fäst vor vest: Kwaal vor Quahl / und so fortan schreibet? därfft ihr euch wol einbilden / er werde vermeinen / solches seye recht und wol geschrieben? Ach nein! ein solcher alter: oder auch wol aus unsern Nachkömlingen ein jeder junger Teutscher / werden im ersten Anblick / wann sie über euere Schrifften kommen / urtheln und schliessen / entweder der Schreiber sey ein Weib oder A-B-C-Schütz: wo nit gar ein Narr: oder der unschuldige Setzer und Corrector in der Druckerey wären hinlässige Hudler und ungelehrte Tropffen gewesen.

Liebe Landsleuthe / gebt doch Gott und eurem Vatterland die Ehr / und gestehet / wann ihr das C und Y neben dem V und Q, als unteutsche Buchstaben aus dem ABC gemustert haben werdet / daß ihr alsdann das Wort Teutsch nicht mehr recht / wie es gesprochen wird / schreiben werdet können; Ihr mögt es aber gestehen oder nicht / so wird doch ein jeder Verständiger / der sein gesundes Gehör noch hat / wann er slagen vor schlagen: oder Slagt vor Schlacht lesen und aussprechen höret / urtheilen / es lauthe / als wann ein Kind lallet / dem die Zung nicht recht gelöset worden! Aber ihr gute Herrn machts wie etliche alte Schulfüchs / welche (vielleicht damit sie auch gesehen seyn: und vor fürtreffliche Leuth gehalten werden möchten) vor euch wegen etlicher Buchstaben mit ihres gleichen gestritten; Etliche zwar / ob man das Y und Z allein in dem Griechischen / oder auch in dem Lateinischen gebrauchen solte? Andere haben drumb disputirt / ob das H (welchem Ruscellius auff ewig das Land verweisen: gleichwie andere dem guten ehrlichen teutschen K, das ihr so hoch ehret / und ihm alles Guts gönnet / keinen Platz in der Lateinischen Grammatic gestatten wollen) auch ein Buchstab: oder nur ein Nota aspirationis sey? Und

hinwiederumb andere / gönneten dem C die Ehr vor
dem X, und wolten nicht glauben / noch zugeben / daß
man seiner bedörfftig / weil man vor
Alters pacs vor pax: Arcs vor Arx,
und lecs vor lex geschrieben;

Nun wolan / von Hertzen geliebte Herren Landleuthe /
ich ehre euch billich von wegen euers Eyfers / und deß
Fleisses / den ihr erzeigt / vnsere teutsche Heldensprach
durch euere wolgeschliffene Hirn / gleichwie das Gold
durchs Feur / von aller Unrainigkeit und frembden
Ankleibungen zu säubern; aber ich bitte euch darneben /
ihr wollet doch in Abschaffung etlicher Buchstaben
auch nur ein wenig achtung geben / wie schändlich es
stehet / wann ihr Kaspar vor Caspar: Zizero vor Cicero:
Joseff vor Joseph: Jakof vor Jacob: Sofokles
vor Sophocles, und dergleichen ausländische Namen
gantz falsch: ja so gar Kristus vor Christus schreibet!
und wofern ihr dessen nit müssig stehet / so will ich
euch versichern / daß ihr nicht allein bey andern
des barbarismi bezüchtigt: sonder gar
vor Haeretici gehalten und ausgeschryen werden sollet;

   Führet doch selber ohne meiner Wenigkeit
geringfügiges Erinnern zu Gemüt / wieviel
unterschiedliche Ketzer sich an der Person vnsers
Heylands so erschrecklich vergriffen: wann nemblich

der eine seine allerheiligste Geburt / der ander seine wahre Menschheit; der dritte seine ungezweiffelte Gottheit: der vierdte und der übrige gantze Schwarm sonst etwas wider des allgemeinen Christlichen Glaubens Lehr bestrittten; warunter sich aber gleichwol bißhero noch keiner gefunden / der sich so kecklich unterstanden / auch seinen allerheiligsten Namen mit Verzwack- und Verwechslung einiger Buchstaben anzufechten und zu verunehren / wie ihr thut /wann ihr nemblich das C mit dem K vertauscht / und das H gar hinwerfft!

Philo (den ihr Filo schreiben wollet) hat in seinem Hexamero und Erklärung der zehen Gebott / es seyen in dem Namen GOttes Jehova, wann er mit Hebraischen Buchstaben recht geschrieben wird / drey Zahlen begriffen / nemblich 10. im Jod, sechs im Vau, und in zweyen He zweymal fünff / so auch zehen macht; aus welchem er zu GOttes Ehren schleust und die Auslegung hervor gibt / daß durch Zehen / so ein Begriff ist aller Zahlen / die genugsame Fülle aller Weisheit und Wissenschafft: durch Sechse aber die Vollkommenheit aller Ding bedeutet und angezaigt werde;

Dann da muß man wissen / daß im Hebraischen Aleph Eins: Beth Zwey: Gimel 3: Daleth 4:

He 5: Vau 6: Zain 7: Chet 8: Thet 9: Jod 10: Caph 20: L
amed 30: Mem, wann es offen / 41: wann es aber
geschlossen / nur
40: Nun 50: Samech 60: Ayn 70: Pe 80: Tzadi 90: Kuph
100: Risch 200: Schin 300. und Thau 400: bedeutet;
Ebenmässige Bewandtnuß hat es auch bey den
Griechen; dahingegen die Lateiner und wir Teutsche so
die Buchstaben ohne zweiffel von ihnen empfangen /
nicht mehr als siben Zahl-Buchstaben vermögen / wo
nemblich bey Doctoren und Bauren das M 1000, das
D 500. das C 100. das L 50. das X 10. V 5. und
das I nur eins gilt oder außweiset.

Wann nun dem also / und es gewiß ist / daß die aigne
Namen und Wörter der heiligen Schrifft auff dise Weise
voller Geheimnussen stecken / zumahlen jeder
Buchstaben seine sonderbare Bedeutung hat; wer macht
euch naßweise Spätling dann so kühn / das ein oder
andere zuverändern? vermeinet ihr Herren wol / es sey
nur umb der Gänse willen / oder ungefähr und vor die
lange Weil geschehen / daß GOtt selbst dem Abram mit
Zuthuung eines Buchstabens seinen Namen verlängert /
als er ihn Abraam: seiner Sarai aber einen hinweg
nahm / und sie Sara nennet? oder als Er den Namen
Jacob gantz in Israel verändert? Ihr möchtet mir
villeicht antworten und vorhalten / diß zeug Judaee nach
Hebraischer Phantasey der Talmuthisten und Cabalisten!

müst mir aber hingegen auch gestehen / daß Christus selbst nit umbsonst dem H. Petro seinen Namen verwechslet / so den Apostel Paulo / der ehebevor Saul hiesse / gleichfahls widerfahren; daß ihr aber solches Christo thun wollet / kombt euch noch lang nicht zu / wann ihr gleich nach dem verjüngten Maßstab euerer Spitzfindigkeit wichtigere Ursachen auff die Bahn zubringen hettet / als euere neuerfundene verlachens würdige Orthographiam.

Der ehrwürdig Beda bringt etliche schöne Geheimnussen auß dem allerheiligisten Namen unsers Haylands lib. I. comment. Luc. so in den Zahlen bestehen / da er spricht: Hujus sacrosancti nominis Jhesu non tantùm Ethymologiae, sed & ipse, qui literis comprehenditur, numerus perpetuae salutis mysteria redolet: das ist / die Ethymologia dieses allerheiligisten Namens JESU hat nicht allein ein Geschmack und Anzeigung unsers ewigen Heyls sonder die Zahl / so darinn begriffen / zeiget eben dasselbig Geheimnus auch an.

Dergleichen thut auch der H Augustinus tract. 10. super Joannem in Erklärung der Wort Christi / quadraginta & sex annis aedificatum est templum hoc, diser Tempel ist in 46. Jahren erbaut; darüber er dise Erleuterung gibt / daß die Zahl der 46. Jahren / darin der Tempel erbaut worden / eine Andeutung gewesen sey seines leiblichen Tempels / welchen er Ihme selbst auß dem Fleisch Adams erbauet / dann gleich wie in dem Namen Adam die Zahl der Griechischen Buchstaben 46. machen / nemblich Alpha eins / delta vier / das ander alpha wider eins / und mi viertzig / also sey auch der Tempel seines Leibs in 46. Tagen in Mutterleib gantz fertig und vollkommen worden.

Auch wollen erstermelter Augustinus super Joannem: nach ihm Cyprianus tractat: de Sinai & Sion, und nach disen beyden Beda: in seinem Comentario über Joannem, auß den Buchstaben / damit diser Name geschriben wird / erweisen; daß die Erde / darauß Adam erschaffen / von den vier Enden der Welt hergenommen worden; dann / sagen sie / das erste A bedeute Anatolin, das ist orientem, gegen Auffgang oder Osten; D bedeut Disin, das ist occasum, gegen Nidergang oder West / das zweyte A bedeute Arcton, id est, gegen Nord oder Mitternacht / und M bedeut Mesimbriam, Meridiem, gegen Mittag oder Sud; welche Erklärung und Bedeutung dises Namens von der Sibylla lib. 2. oraculorum auch vorlängst ist offenbahrt worden / in nachfolgenden Versen, die auß dem Griechischen also in das Latein seynd übersetzt worden:

Nimirum Deus is finxit Tetragrammaton
Adam,
Qui primus fictus est, & qui nomine
complet,
Ortúmque, occasúmque, austrum Bore-
ámque rigentem.

Macht teutsch.

Den ersten Menschen hat GOTT er-
schaffen /
und ihn mit Namen Adam genennt /
Welch vier Buchstaben uns eröffnen
Daß er gnommen sey von der Welt
End.

Und ist diß Vorbringen billich zu glauben / weilen deß
ersten Menschen Nachkömling sich in alle vier Winckel
der Welt solche zubewohnen / außgetheilt / und ein
jeder an seinem Orth nach seinem Todt der Erden das
ihrig wider gibt / so daselbst von ihr in der Schöpffung
genommen / oder vilmehr entlehnet worden.

Uber diß alles befilcht der H. Geist selbsten in der
Offenbahrung Joannis am 13. Capitel / daß man die
Zahl deß Antichrists zehlen soll / mit disen Worten / wer
Verstand hat / der überlege die Zahl deß Thiers / dann es
ist eines Menschen Zahl / und seine Zahl ist 666.
Wordurch dann angedeut wird / nach Mainung viler H.
Vätter und Kirchenlehrer / daß der Name deß

Antichrists solche Zahl-Buchstaben werde in sich haben / die 666. machen.

Wann ihr Herren nun die Namen dergestalt / wie ihr angefangen / radbrechen / verstümplen / verkehren und verketzeren wolt; so entziehet ihr nicht allein GOTT selbst seine Ehr / und verdunckelt dardurch wiederumb die Verwunderungs-würdige Geheimnussen / welche heilige / gelehrte und sonst fromme Leuth GOtt zu Lob und Preiß / den Andächtigen aber zum Trost und ihres Glaubens Stärckung auß den allerheiligsten GOttes- und sonst Namen die zulässige Cabalam eröffnet; sonder ihr werdet auch verursachen / daß man ins künfftig an der Namens-Zahl die abscheuliche Bestia, darvor uns die H. Schrifft so treulich warnet / nit erkennen: noch die vorgesagt 666. wird finden können.

Den alten Römern ists noch etlicher massen zu gut zuhalten / daß sie unserer Vorfahren teutsche Namen beydes der einzelen Persohnen und gantzer Völckerschafften verbösert und unverständlich gemacht / umb willen sie solche selbst nit verstanden; Wann aber ein gelehrter Teutscher / der die Namen der Außländer verstehet / und weiß wie sie in ihrer Art geschriben und außgesprochen werden sollen / dannoch Filosofus vor Philosophus setzet / so scheinets lächerlicher als wann ein ungelehrter Teutscher / der nur

blößlich lesen kan / Philosophus nach seiner
Kunst Pilosopus außspricht / und also ists mit andern
frembden Wörtern und Namen auch beschaffen.

Caput V.
Daß es wider der alten Teutschen Gewonheit: und bey ihnen nit herkommens: sonder vilmehr sehr unbequem und beschwerlich: ja gleichsamb unmüglich sey / allen frembden Dingen teutsche Namen zu geben.

Ihr Herrn Landsleuthe / die ihr euch vor teutsche Sprachpolierer ausgebt / und alles miteinander pur teutsch haben wollet / ich muß euch noch etwas verweisen / das beynahe einer unnützen Thorheit gleich sihet; und ist dieses / daß ihr alle Sachen / die von den Frembden zu vns gelangen / mit neuen teutschen zuvor unerhörten Namen nennen wollet. Wann ihr ein Fenster / darumb daß es lateinisch klingt / nit mehr Fenster: sonder einen Tagleuchter benahmet / warumb nennet ihr dann nicht auch die Pforten und Thüren anders / deren Namen ebenmässig von den Lateinern und Griechen herstammen? Wie solte man aber wol eine Thür oder Pforten auff euer nagelneu rein Teutsch tauffen müssen?

Soll man sie den Eingang oder den Ausgang: die Beschliessu[n]g oder die Oeffnung des Hauses / Hoffs / Stalls oder Gartens nennen? dann man braucht ja dieselbe Schlupfflöcher / und das / was sie zuthut / und eine vollkommene Thür macht / zu allen den Geschäfften / das sonst von euerem reformirten

Teutschen einen absonderlichen aignen Namen erfordert; wie wolte sich dann ein Name allein schicken? Unsere alte Teutsche Vorfahren seyn warlich keine Kinder: sonder denen / die im Anbegin die Teutsche Sprach geredet / viel näher gewesen als ihr; welche auch den Wörtern Fenster / Thür und Pforten / das Burgerrecht bey ihrer Sprach freywillig geschenckt / als sie auffhöreten in Hütten zuwohnen / darinnen weder Fenster / Thüren noch Pforten niemahls gesehen worden; Nachdem sie nemblich die Nothwendigkeit und den Gebrauch solcher Ding bey den Lateinischen Römern wahrgenommen / und selbige nennen hören.

Eben dieselbige alte Teutsche haben zu ihrer Zeit vil Gewächs beydes von Bäumen / Wurtzlen / Früchten / und Kräutern von den Frembden bekommen / oder wenigist deren Gebrauch von ihnen erlernet / ihnen auch ihre mitgebrachte Namen so vil ihr alt Teutsch immer zulassen mögen / nit genommen; Sollten wir nun ererst jetzt alle solche Ding umbtäuffen müssen / dieweil es nach dem Latein und andern Sprachen schmackt (dann wir wissen / daß Osterlucey von aristo: longa: Spargen von asparago: Lorbeer von Baccalauri: Boragen von Borrago: Kappes von Capitata: Buxbaum von Buxus: Calmes von Calamus: Kalch von Calx: Bibernellen von Pimpinella: Pfeffer von Piper: Camillen von Chamemelon: Zipressen von Cyparisso: Nespeln

von Mespila: Balsam von Balsamum: Borzel
von Portulaca: Kirschen von Cerasa: Pfersing
von Persica: Pastnägel von Pastinaca: und dergleichen
unzahlbar vil Namen mehr von frembden
Sprachen kommen) HErr GOtt wie würde es ein
seltzames misch masch abgeben? Wo wolte man
genugsame Gevatterleut nehmen? wer würde sie hierzu
erbitten? Auf wessen Uncosten müste man die neue
Namen in den weitläuffigen Gräntzen unsers grossen
Teutschlands außbraiten und verkündigen? und wer
weiß / ob alsdann des einen und andern frembden Dings
neu-ersonnene Namen allen Teutschen genehm seyn
würden oder nicht? ob ihnen allen auch die Tauffpaten
beliebten oder nicht?

Das Gumi Arabicum mag man wol auff gut Teutsch
Arabisch- und das Colophonium, Geigenhartz nennen;
wie aber das Caranna? das Tacamahaca, Copal, Anime,
Camphor, Galbanum, ammoniacum und
dergleichen? Assa foetida nennen wir wegen seines
bösen Geruchs Teuffelsdreck; was gebührt aber
hingegen dem Assa dulcis vor ein teutscher neuer Name
wegen seiner Lieblichkeit? vielleicht Engelsdreck? Ey
pfuy / das wär ja so närrisch und gottloß geredet / als
unflätig und schändlich es lautet.

Wird demnach schwer und schier ohnmüglich fallen /
wann man allen frembden Gewächsen und Materialien /
die jetziger Zeit aus der Frembde zu uns gebracht
werden / und ihre aigne Namen selbst mit sich bringen /
anders nennen müste; wie eine kauderwelsche Sprach
würden wir bekommen? was würde es nur vor eine neue
Babylonische Verwirrung in den Apotecken darvon
setzen? Ich kan auch nimmermehr glauben / daß
dieselbe gute Herrn eine solche reformation zugeben
würden / weilen ihnen dran gelegen / daß die jenige
Maulaffen / so ihrer Wahr bedörfftig / einen stärckern
Glauben dran haben / wann sie mit Arabischen und
sonst frembden Namen genennet werden / wie die
herrliche Zedel an ihren Büchsen / Gläsern und
Schachteln ausweisen / ob sie gleich in unserm
teutschen Erdboden: vielleicht zu nächst vorm Thor
oder gar in der Statt hinter der Maur gewachsen; Zwar
verkaufft offt der auffgebutzte Kopff den Hintern einer
leichtfertigen schändlichen Vettel / und ein
ansehenlicher Titul ein sonst schlimes Buch; aber hier
ists ein anders / und mehr als dorten daran gelegen; biß
man Tutia, Aloe, Turbith, Rhabarbara, Myrrha,
Alkikenga, opium, laudanum, Jujuba, Opopanacum,
Scabiosa, Rhapontica, und noch wol 77. dergleichen
Namen vergisst und teutsch darvor lernet / könten wol

1700. Krancke schlaffen gehen und verwahrloset werden;

Nimbs ab an dem eintzigen Bezoar (von andern Edelgesteinen schweige ich gern / dann ich werde doch deren mein Lebtag / sowol als theils Sprachhelden / keinen Centner schwer zusammen bringen / was solte ich mich dann viel umb ihre deutsche Namen bekümmern) dieser wird von den Indianern Bezar, von den Persern Bezaar: von den Arabern Pazar, von den Hebraeern Belzaar, quasi dominus veneni, das ist / ein Herr übers Gifft / von uns aber Bezoar genennet; wann wir ihn nun umbtaufften / und / seinen Qualitäten gemäß / gleich wie die Hebraeer / einen Gifftherrn auff teutsch hiessen / und nach ihm in eine Apoteck schickten / vermeinest du nicht / der Apotecker würde dir eben so bald Teriack oder sonst eine Gifft-Latwergelin senden? Wann nun durch dergleichen Irrthumb ein Schad geschehe / so wäre die Schuld nicht deß Apoteckers / sonder dein / gleichwie jenes Bauren vom kurtzen Gedächtnus / welcher seinem Weib Alde holen solte / und als er das Wort vergessen / vom Apotecker vor zween Kreutzer gute Nacht fordert / weßwegen er wieder läer heimbkehren: und den Hingang vor den Hergang haben muste / GOtt geb wer indessen seinem Weib geholffen. Einmal / ihr Herrn / der Tabac ist und bleibt Tabac, hat auch diesen seinen Namen bißher bey

51

allen Völckern behalten / ob er gleich von den Frantzosen anfänglich Nicotiana, Herbe de la Royne mere, Herbe du grand Priour, und L' herbe de l'Ambassadeur, bey den Italianern aber Herba Sancta: und bey theils Teutschen und Teutschinen / die seinen Rauch nicht gedulten mögen / Teuffelsgestanck genannt worden: wäre ihm dieser letztere Name geblieben / so dörffte er wol nicht so gemein worden seyn / als er jetzunder ist;

Aber es ist meines Darvorhaltens viel an den Tauffpaten gelegen / und solte ich Gevatterleuthe gewinnen / so wolte ich warhafftig keine Sprachhelden: sonder nur einfältige Bauren nehmen / einem und andern frembden Ding neue teutsche Namen zu schöpffen; dann solte man euch (da GOtt vor sey) gewähren und also fortfahren lassen / wie ihrs angefangen / geschweige gar beypflichten und zu Tauffpaten hierzu erwählen / so würdet ihr in kurtzer Zeit einen solchen ungeheuren: mit allerhand närrischen Rätherschen verworrnen labyrinthum aus der tapffern Teutschen Helden-Sprach machen und aufferbauen / daß sich niemand mehr hinein finden oder heraus wickeln: ja endlich weder der Teuffel noch seine Mutter verstehen: noch einiger Oedipus, ja die Sphinx selbst nit errathen könte / was ein Teutscher von dem andern haben wolte.

Hingegen verbleibt ein Baur fein im Glaiß seiner
Einfalt; er lasts bey den alten Löchern bleiben / und
sucht gar nicht / wie ihr zum thail euch damit kützlet /
durch Erfindung neuer Wörter großgeacht zuwerden /
weil er besser / als vil andere nicht thun / seine
unvermögliche Gebrechlichkeit erkennet; vor etlichen
Tagen spatzierte (potz! lustwandelte solt ich auff
neu Teutsch gesagt haben) ich mit einem solchen in
seinem Krautgarten herumber / worin ich
die Angelicam schön blühen fande; ich fragte ihn / wie
er dasselbe Gewächs nenne? Er antwortet Kahillika; ich
sagte / es heist Angelica, er aber hielt mir Widerpart und
antwortet / alle meine Nachbarn die dises Kraut haben /
sagen ihm Kahillika / auch der hats so genennet / von
dem wirs bekommen haben? solte ich ihnen dann nicht
mehr glauben als euch? der ihr mir allein einen andern
Namen fürschwätzen wollet! eben also dörffts euch
Sprachsäuberern auch gehen / so fern ihr zu der
angeregten Gevatterschafft erkohren werden soltet;
Indessen hat mich dises Bauren Antwort zuglauben
veranlast / daß seines gleichen hiebevor auch
auß amarena Amarellen: auß Pyra Birn:
auß Petroselinum Peterlin: auß Pruna Pflaumen:
auß Corion Coriander: gleichwol aber nicht
auß Victoria Siegwurtz: noch auß Palma
Christi Fünfffinger Wurtzel gemacht haben; worbey ichs

dann bewenden lasse / und euch freundlich bitte / ihr wollet euch ohnschwer belieben lassen / das eilffte Capitelgen in dem lustigen Tractätel von den dreyen grösten Ertz-Narren in der gantzen Welt / auffzuschlagen / umbzusehen / ob ihr dorten nit besser / als hier bey der Gevatterschafft mit der Wahl / angesehen und beobacht worden / den Vorzug zuhaben.

Caput VI.
Von einer dritten Gattung Sprach-Helden / so zwar in zweyerley Sorten bestehen; von welcher wegen noch niemahl kein Gebott außgangen / daß man sie bey hoher Straff keine Narren schelten soll.

Gleichwie der Müntzen ohne die Kupfferne zweyerley pflegen zuseyn / Gülden und Silberne / darauß aber auch wegen der Mixturen der Metallen ein dritte Gattung entstehet; Also befinden sich auch vornemblich zween Orden artlicher Leuthe / die mit frembden Sprachen prangen; gelehrte und ungelehrt; warzwischen sich die dritte finden / die weder Hund noch Fuchs (von Haasen sag ich nichts) weder unter die Gelehrte noch Ungelehrte zurechnen seyn; und ist unter ihnen (gleich wie unter der Schiedmüntz / darunter sich sechzehnerley löthig Silber befindet) ihrem Valor und Gehalt nach / auch ein grosser Unterscheid;

Die erste / welche billich dem holden Gold verglichen werden / habe ich allbereits hievorn im ersten Capitel gelobt / und werde sie auch nimmermehr schelten; Gleich wie sich aber unter den guten Ducaten auch schlimme befinden / die entweder zu leicht / gelöthet: oder wol gar falsch seyn / also sind unter den gelehrten Sprachverständigen einige / die nit allerdings so rein seyn / wie das Venedische Glaß / und denselben habe ich zum Frühstück das zweyte Capitel auffgesetzt;

Wolte sie auch besser tractirn, wanns nur thunlich wäre /
einem jeden von so unterschidlichen Leuthen auff
einmahl über einer Taffel / wie es
seine Meriten erfordern / dienstlich auffzuwarten. Hier
wil ich nur erzehlen und Wahrzeichen geben / wer an
disen meinen Tisch gehörig / kriege ich dann Gäst / so
kriege ich verhoffentlich auch einen guten Trunck /
ihnen beydes beym Imbs und Confect tapffer
einzuschencken.

Dise nun seynds die hieher gehören / welche / damit
jeder Bänne wisse / was sie vor gelehrte / erfahrne und
viler Sprachen kündige Leuth seyen / oder daß sie
wenigist jederman darvor halten / ehren und ansehen
soll / beydes ihre Reden und Schrifften / wann es gleich
gantz ohnnöthig / dermassen mit fremden Wörtern
anfüllen / verbremen und außstaffiren /
daß Calepinus selbst nit genugsamb wäre / den jenigen
mit ihnen conversiren oder correspondiren müssen / vor
einen Dolmetschen zudienen. Ich bin auch so
freygebig / dieselbe von meinen tractamenten nicht
außzuschliessen / die ihre aigne angeborne teutsche
Tauff- und Zunamen verlateinisiren oder gantz
Griechisch dargeben; und ob sie gleich einige deßwegen
anfechten: und ihnen vorwerffen wolten / daß sie
hierdurch ihren Vatterland die Ehr stehlen / und solche
anderen Nationen anhencken / daß es so erleuchte

Männer an ihnen geboren und hervor gebracht (massen die Nachwelt auß denen verunteutschten Namen / die sie ihren Schrifften vorzusetzen pflegen / sie mehr vor Griechen oder Lateiner / als geborne Teutsche halten würdet) so seynd sie mir doch liebe Gäst; stehets doch einem jeden frey / sich einen Hegel schelten zulassen / warumb solten wir uns selbst dann unser Gebühr nit gönnen?

Ach wie wird es alßdann so schön und herrlich lauten / und so lustig zuhören seyn / wann alle Discurs und Gespräche so bund über meiner Taffel fallen / wie die edle Schecken / Bayrische Katzen und Tygerhund! wann es ein solch Gehack untereinander gibt / daß es nit gleich jeder Idiot verstehen: noch wissen kan / ob es in Knack- oder Leberwürst gefüllt werden soll! Aber da müssen wir keine Alles-teutsch-geber hinzu kommen lassen / sie möchten euch sonst nach ihrer so vilfältigen Abzwagung auch außreiben wollen; dann ihr handelt hierinnen ihrer Mainung allerdings zuwider; und diß sey von denen Ducaten geredet / welche zwar an ungewisser Schuld anzunehmen: gleichwol aber wegen einiger Mängel zu tadlen / und bey weitem nicht so gut als die vollkommene.

Das andere Geschlecht / so Zwickdärm oder Zwitter / seynd die / an welchen man die allergröste Kurtzweil und Ergetzung haben kan / wann nemblich die vorderste auß ihnen außländische Wörter / sie mögen sich gleich schicken: und ihre Persohn: ihre Reden und Schrifften zieren oder nicht / sie könnens gleich besser teutsch geben oder nicht? mit den Haaren herbey ziehen / ja beynahe von unseren Antipodibus herauff hollen / vermeindlich dardurch groß zuscheinen; Wil bey ihnen Spanisch / Italianisch / Frantzösisch und dergleichen nit fort / so behelffen sie sich auffs wenigst allein deß Lateinischen / und stellen sich daß man vermeint es seye nun bald an ihnen / das Teutsche gantz zuverschweren; da wird man dann der allerartlichsten Auffzüg gewahr / und kan das Lachen kaum verhalten / wann man sihet / wie alles so Ertz-Petantisch hinauß laufft; Neulich sagte einer auß diser Gattung zu mir / banus vesper Domine Simplicè, ich bin advertirt worden / er werde Morgen in deß Römischen Imperii Lilien Statt abripirn, habe ihn derowegen depraecariren wollen / ohnschwer gegenwärtig Misiv in das aromatorium an der Cerere Marckt zu praesentirn: die medicamenta / die man ihme daselbst praestarirn wird / zu acceptirn / vnd mir großgünstig zu deferrirn / welches ich reciproce auff alle begebende occasiones hinwider remeritirn werde.

Von diesen kompt die Einmischung so viler frembten Wörter unter die teutsche Sprach / warwider unsere

Sprach-Helden so hefftig schmählen; und billich! dann neue fremde Wörter bringen selten etwas guts / sonder bedeuten je und allweg etwas böses; Wie grausamb / wie erschröcklich? wie landverderblich ist uns nur das eintzige damahls gantz neue uns ungewöhnliche Wort Contribution in verwichenen 30. jährigen Teutschen Krieg gewesen? das eintzig Wort marchiren brachte damahls zwar bißweilen unseren Landsleuthen einen unglaublichen Hertzens-Trost / aber Lieber wivil Millionen Gelts: wievil tausend schöner Flecken und Dörffer: und (was am allermaisten zubejammern) wie viler hundert tausend Christen-Menschen Leben hat es gekostet / die durch Hunger / Pest und Waffen umbkommen / biß es unser Teutschland gelernet / recht verstanden / und nach dem Frieden-Schluß mit Freuden völlig ins Werck setzen sehen? Nun ists so gemain worden / daß es auch die Mägd brauchen / wann sie in das Graß gehen wollen; aber ein Bauern-Knäblein legts anderst auß / dann als sein Vatter gen Wald fahren wolte / und zu seinem Knecht sagt / Hannß spann an / wir wollen marchiren; antwortet ihm der Knab / Vatter marschiren heist nit Holtz hollen / sondern die Schelmen wollen fort.

Gleich wie nun dise Lateinische Handwercks-Kerl ihre Brieff hin und wider so dick mit fremden Wörtern: als wie die Köch ihre Haasen / die jetzt an Spiß gejagt

werden sollen / mit Speck spicken / also thun auch die
albere unwissende teutsche Michel / wann sie schon
sonst nichts als Teutsch können reden und verstehen; da
muß das Laus Deo bey den Apoteckern / Kauffleuthen
und Krämern in allen Conten obenan stehen / eben als
wie bey theils Gelehrten das
Griechisch alpha und omega, unten muß sichs mit
Göttlicher Protection Empfehlung nechst
freundlicher Salutation: mit datum, Anno, post scriptum,
manu propria und Lateinische Nennung der Monats-
Täge schliessen; der jenig / an den der Brieff abgeben
wird / mag solches gleich verstehen oder nicht?
verstehet ers nicht / so mag ers versitzen / oder sich umb
einen Dolmetschen umbschauen; hats doch offt der
jenig nicht verstanden / der es geschriben! sonder es ist
ihm genug / wann man ihms nur zutrauet / weßwegen
alleinig ers dann auch in seinem Brieff gemahlet / und
diß seynd die dritte.

Aber theils auß ihnen mögen Sorg tragen / daß es ihnen
nit einmahl gehet wie jenem bey einer alten Kayserin /
welcher / als er zwey Schüssel mit heissen Speisen
aufftrug / die ihne zu unleydlich an die Datzen
brennten / so / daß er sie mit Ungestümme nidersetzen
muste / heraus schwur / ò Cazo! und als ihn die
Kayserin / deren Angesicht mit einer Röthe entweder
auß Scham oder Zorn überloffen / fragte ob er noch

mehr Italiänisch könnte? er aber die Warheit bekennen / und mit nein antworten; gleich disen teutschen unangenehmen Bescheid hören muste / so bleib uns ein andermahl auch mit disem draussen; wie er dann auch so gleich abgeschafft worden.

Zwar gerathen nicht alle in solche Gefahr; aber ihnen widerfahrt gar offt / daß der ein und ander / weil ers nit besser weiß / noch verstehet / im schreiben ein T vor ein D, und hinwiederumb ein D vor ein T machet / die eine Sylbe wider die Art der Sprach / die er gern reden wolte / lang oder kurtz außspricht / und durch mehr dergleichen Fehler seine hoffärtige Esels-Ohren an allen Orten hervor ragen lässt / und damit gelehrten und verständigen Leuthen genugsame Ursach gibt / wo nit laut zu sagen / doch bey sich selbst heimlich zu gedencken /

O Coridon, Coridon, quae te dementia cepit.

Hier möchte mir nun jemand entweder heimlich ins Ohr / oder offentlich ins Gesicht / oder hinterrucks nachsagen / Simplex nimb dich selbst bey der Nasen; Mein Freund / du thätest mir ererst recht; aber wisse / daß ichs mache wie die gute Prediger / die in Bestraffung der Laster kein Blat vors Maul nemmen / sonder nicht stillschweigen können / wann sie gleich wissen / daß sie sich selbsten offt / ja mehr als offt

61

treffen; und wol einem solchen / der beflissen ist / auff diese Weiß sowol sich selbsten als seine Zuhörer zu bessern.

Hieher gehöret auch die vierdte Art der groben Knollfincken / die weder in die Schuel: noch ihr Lebtag weiter als ein Mühlkarch kommen; sondern wann sie etwan hier oder dort von gelehrten gereisten unnd sonst Sprachkündigen Leuthen ein frembd Wort mit ihren Esels-Ohren erschnappt und vermeintlich in ihr unpolliertes Hirn recht gefast haben / solches hernach geschicklich anbringen wollen; wann sie nemblich andern weit geschicktern und verständigern Leuthen als sie nimmermehr nicht werden können / weisen wollen / daß sie keine so schlimme Tropffen seyn wie man etwan vermeinen möchte; Es kompt aber öffters und gemeiniglich allzeit so närrisch heraus / daß man sich zu Stücken lachen müste / wann nur einsten Leber und Miltz darzu beschaffen wäre; wie Jener der sagen wolte / es wäre ihm ein Fluß auff die Lung gefallen / und es also verlateinisirte / es wäre ihm ein Catalogus auff die plumplones deciterirt; Weil aber diß Capittel seine Grösse schon erlangt / will ich in das folgende noch mehr Exempel von dergleichen gEsellen setzen / weil auch anderer Geschlechter lächerlicher Sprachgecken darinn gedacht wird.

Caput VII.
Vermeldet noch unterschiedliche Geckereyen / deren / die sich durch die Sprach auff verschiedene Weiß groß und ansehenlich machen wollen.

Ehe ich zu andern Gecken schreite / solcher Narrethey auff den Schauplatz zu führen; will ich zuvor noch ein paar Exempel erzehlen / so mir etliche grosse aus den groben an die Hand geben. Neulich kam ein solcher Jockel / der ein Obrister unter den Bauern / wie Zachaeus ein Obrister unter den Zöllnern war / zu mir in meinen Blumen-Garten / der eben mit seinen Gewächsen in seiner allerbesten Zierde brangete; Er verwunderte sich beydes über die vilfärbige Tullipanen / und über die artliche Außtheilung der Länder oder Beth / darinn sie stunden / umb willen der Tropff dergleichen noch niemahls gesehen / und damit er auch seine Wissenschafften hören lassen möchte / nannte er das Beth mitten im Blumenstück / so wie ein Creutz formirt, ein schönes Nammedelle, welches auff recht lateinisch Agnus Dei gesagt seyn solte / und das dahero / weil wir die Capsulen oder Behaltnussen der H. Reliquien also zunennen pflegen / darumb / dieweil gemeiniglich ein Lämlein / wie man Joanne Baptistae eins zumahlet / darauff entworffen; er wuste / daß wir sowol mit dem so genanten Agnus Dei als den Tuboriner: S. Valentini und Spanischen

Creutzen / Joannae Corallen und sonst underschidlichen
Ablaß-Pfenningen unsere Rosenkräntz zu
unterzeichnen: und selbige den Kindern untereinander
anzuhengen im Brauch haben / vermeinte derowegen sie
würden auch alle mit einerley Namen genennet; Ich
botte ihm einen Trunck Kräuter-Wein an / der im Magen
nüchtern getruncken / nicht ungesund seyn soll / er aber
antwortet / er hätte noch keinen Appetick darzu; wann
aber ein guter Accafick vorhanden wäre / wolte er ihn
gern atcettiren; Was er aber dem einen und andern
Gewächs vor seltzame Namen geben / hab ich seither
vergessen.

Eben derselbig klagte mir / er hätte gester
etliche Batienten (hat Gäst heissen sollen) revidirt (heist
auff teutsch eingeladen) und mit denselben so waidlich
in den Bantsch hinein schlampampt gehabt / daß ihm
noch heut das Capritollium gantz mallatter darvon seye;

Warfür ists aber / wann ich gleich dieser Schnacken
noch mehr erzehle? kan man dern doch täglich genug
von solchen Sprachmeistern selbst hören / wann man
sich nur darmit delectirn will; Ich versichere / wann ein
grosser Herr einen aus ihnen bey sich hätte / der / wie
sie zu seyn pflegen / hoffärtig genug wäre / und recht
gehetzt / gebeitzt und angestimmt würde / daß er keines
andern kurtzweiligen Tischraths mehr begehrte; ja einen

solchen Stockfisch lieber höxete / als Harpffen / Geigen und Lauthen! Ihre Discurs seynd nicht allein lustig zu hören / sonder man könte auch daraus aigentlich sehen / welcher gestalten vor diesem aus dem Lateinischen durch die Gothen und Lamparter das Italianisch: und durch die teutsche Francken das Frantzösisch umbgegossen worden; welche geradbrechte Sprachen unsere jetzige Teutsche zu können wünschen / und ihnen vor die gröste Ehr halten / wann sie etwas darvon verstehen und daher lallen; das Spannisch hat gleichen Ursprung / wie jeder Sprachkündige erachten kan.

Noch eine Art lächerliche Sprachkünstler gibts beydes unter Adel und Unadel / unter Gelehrten und Ungelehrten / unter Männern und Weibern / unter Jungen-Gesellen und Jungfrauen / ja gar unter groben Bauern / ihren Knechten und Mägden; deren närrischen Hoffart ich lachen muß / wann sie alle Wort einem jeden Buchstaben nach aussprechen wollen; welche gezwungene Weiß mich ermahnet / als wolten sie andere ererst recht reden lernen / wie jener alte Krebs seinen Jungen das gravitätische Fürsich-gehen; dann es stehet ihnen offt an / wie dem Zaunstecken Menschliche Kleyder / und lautet / als wann man einen s. h. Kühedreck mit Ruthen hauet; pflegen auch mit solcher ihrer Ubersteigung öffters anzugehen / wie neulich einer / welcher einer Jungfer mit disen Worten eins zubrachte: Ich wollete von Hertzenn gerne meiner vielgeliebetenn Jungenfrauenn dises kaleine Galäseleinn mit Weine zubringenn. Welchem die Jungfer antwortet: Wann ihrs eurer Jungen Frauen wolt zubringen / so dörfft ihr zu mir nicht kommen! Hätte er geredet / wie ers von seiner Mutter gelerntet / so wäre er villeicht so hönisch nit abgewisen worden;

Hieher gehören auch dieselbige / welche nimmermehr ein recht Teutsch Wort mit einer Silben außsprechen / sondern dem E dermassen gewogen seyn / daß sie es immerzu hinden anflicken / ob es gleich so wenig als der Wagen deß fünfften Rads nöthig; Als da sie recht sagen könten und solten / Mann / Weib / Kind / Knecht / Magd / Herr / Narr / und dergleichen / sie hingegen auß Hoffart: und der Meinung sie machen es vil besser / zusprechen pflegen / Manne / Weibe / Kinde / Knechte / Magde / Herre / Narre / etc.

Es gibt auch ein Art weise Sprach-Herren / die dörff ich hier nit außschliessen / wil sie aber auch nit einführen oder eingeführt haben sie zuverlachen; dann sie seyn gelehrte Leuthe / welche über ein jedes Wort oder Silbe disputiren, ethymologisirn, streitten / fechten und zancken können; da ein jeder recht und das Schwartze in der Scheib getroffen haben will; von diesen / sag ich / behüt mich GOtt / daß ich mich in ihre Händel legen:

geschweige sie verlachen: oder ihren Meinungen (welche zwar so unterschidlich als die vilfältige Brühen zuseyn pflegen / so die Wirth und Garköch über das alt verschimmelt Gebratens wissen zumachen) widersprechen solte: indessen wird mich aber auch niemand verdencken / wann es meinen abgesonderten Sinn contentirt und mir umb etwas kürr und sanfft thut / wann ich jenen zweyen Welschen zuhöre / welche der teutschen Sprach halber einander schuelten / da beyde von einem Regen genetzt wurden / und der eine sagte / Gotz dausig! das Reg mack mir naß! Der ander aber antwortet; Phy schamen dir: bist du siben teutschen Landen in der Jahr gewest / un kanst der Teutsch nit guter spreck? Es heissen nit / das Reg mack mir naß; es heissen / die Rege mack my naß; dise Histori gab einmal einer lustigen Gesellschafft Ursach / eine Kurtzweil anzustellen / darüber sie sich schier zu stücken lachte (davon ich unten im folgenden Capitel etwas zuerzehlen ursach haben werde) und Lieber schau! dannoch kan ich mich obigen verständigen Sprachherren zu Ehren deß Lachens enthalten.

Die will ich nur verlachen / welche frembde Sprachen mehr als die / so sie von ihrer Mutter gelernet / lieben und verehren / und durch solche läppische Affection sich allerdings stellen / als wann sie ihr Herkommen verleugnen: das Teutsch verschwören

und ihre Nation mit Fleiß in ein andere verändern
wolten; und damit man ja sehe / daß es theilen ein
gründlich Ernst seye / müssen auch ihre Kinder frembde
Tauffnamen tragen; kombt aber hernach artlich / wann
solche an statt Viacrius Viox: an statt Quirinus Kyri: an
statt Dominicus Sonntag: an statt Cyriacus Zilliox: an
statt aber Ehu Einhod genannt werden; wie man dann
sagt / daß ein paar Ehevolck von der rainen Religion
ihren Sohn also genannt und getaufft haben wolte /
welchen Namen aber die Göttel nit behalten könten /
sonder ihn beym Tauff ausgesprochen / wie
letztgemeldt.

Was aber solche Thorheit anzuzeigen und zu bedeuten
pflegt / haben wir / wann wir gleich von den Römern
nichts wissten / bey dem Geschichtschreiber Josepho zu
erlernen; nemblichen daß bey Regierung der
letzten Asamoneer, oder Macchabaeern / kurtz
vor Herodis Ascalonitae Zeiten der Juden Königreich /
Gottesdienst und Freyheit auff Steltzen angefangen zu
gehen / als beydes König und hohe Priester / Edel und
Unedel / Gelehrte und Ungelehrte sich lieber Jason,
Menelaus, Antipater und dergleichen auff Griechisch:
als wie ihre alte Vorfahren auff Hebraisch wolten
nennen lassen; und gleichwie die Catholische der
Heiligen lateinische Namen mehr als die
Luthrische affection, also lieben die von der rainen

Religion mehr als diese die alte Hebraische Namen (deren sich doch die Juden selbst / wie obgemeldt / geschämet) und suchen sie wieder vor ihre Kinder hervor; gleichsamb als wann wir nicht an uralten schönen teutschen Namen / die viel heilige Leuth getragen / einen grossen Uberfluß hätten? Allbereit ists so weit kommen / daß einer / der nur ein kleines Ebenbild eines guten Judicii hat / auß des einen und andern Namen beyläuffig errathen kan / wie sein Vatter beschaffen gewesen.

Ich habe einsmals im Winter-Quartier neben meinem Losament einen Calvinischen Nachbarn gehabt / dessen drey Söhne von ungefähr 8. biß in 12. Jahren alt / nach der Ordnung ihres Alters Abraham / Isaac und Jacob geheissen / wann nun die Knaben / wie die Jugend zuthun pflegt / auff der Gasse herumb strolte / und die Mutter ihrer manglete / stund sie unter die Thür und schrye auß vollem Halß / Abrabam / Isaac / Jacob! das ermahnete mich allzeit / als wann eine Judin den GOtt ihrer Vätter angeruffen; und wann ich nit gewüst / daß sie eine Christin gewesen wäre / so hette ich glauben müssen / daß sie mehr von der Beschneidung (zwar wider aller Weiber Art) als von dem Tauff gehalten; Es hat auch eben damahls / als wir das Winter-Quartier anfänglich bezogen / ein Soldat / nach dem er diese Namen vom Weib offt rueffen hören /

den Haußwirth vor ein Juden gehalten / und ihme etwas zuverschachern gebracht / er wäre aber übel angangen / und eben so übel abgefertigt worden / dafern wir damahls nit Meister am selbigen Orth gewesen wären.

Caput VIII.
Continuation voriger Materi / sampt Erzehlung der lächerlichen Kurtzweil / welche zween Welsche anzustellen veranlaßt.

Weiters gibts eine Gattung einfacher Schützen / die zuverlachen / wann sie vermeinen ihr Kolb sey der schönste; Ich wolte sagen Leuthe die zwar nur ihrer Mutter-Sprach können / sich aber einbilden / sie sey die schönste vnd beste unter allen Sprachen des gantzen Teutschlands; da foppt man die Schweitzer mit ihrem Kilcha gho und garind rühra / weil es thonet / als wann sie es noch mitten im Halß auff Hebraeisch gebären müsten. Die Schwaben mit ih[rem] Aun Aun la mi gaun; die Wetterauer mit ihren Naut im Schanck: und andere mit etwas anders; ja es ist bey nahe kein Dorff geschweige eine Stadt so mit der andern gleiche Aussprach hat / und deßwegen nicht von seinen nächsten Nachbarn: geschweige von weiters Entsessenen gefoppt und außgehönet werde / da heist je ein Haaß den andern Langohr / und die so andere vexiren / bringen eben solche Waar zu Marckt; wie jene / so sich leyden müssen; diß Sprachgerben wäret dann bißweilen so lang / biß man einander hinder das Leder kompt / und die Fell zerreist; massen ich selbst darbey zu seyn und zusehen die Ehr gehabt / daß etlich aus diesen Wort Krieg blutige Köpff getragen.

Vornemblich schelten die Oestreicher die
Hochteutsche / welche zu ihnen hinunter kommen /
samptlich und ohne Unterscheid Schwaben: weil sie
vermeinen sie allein reden unter allen das beste
Teutsch / und nicht wissen / was ihre Sprach vor Mängel
und Kranckheiten hat; Ich muste mich einsmahls
ebenmässig von meinem Wirth darunten deßhalber
gewaltig leyden / er zog mir ein jedes Wort aus dem
Maul durch die Hechel / an ihm selbst aber kondte man
ohnschwer mercken wie er sich zwang /
alles Orthographice außzusprechen / wann er mit mir
oder einem andern Hochteutschen redete; Ich schlieffe
neben seiner Schlaff-Cammer da man vermittelst einer
dünnen Wand alles was in der einen geredet würde / in
der andern hören köndte; einsmahls kam sein Weib zu
ihm mit einem Rausch beladen / dann sie war bey einer
Kindsschencke oder Hochzeit gewesen / die
bewillkombte er mit diesen Worten / Pfoich Taiffel
Wey! d' stinckst holt wia Niltsbolg / vermahn d' hobst
ins Heemat gschissn? Sie antwortet / ha! may Ma / ich
hob holt a tlans Pfaistrl wolln lassn aussa straichn / da is
ma d' Treeck mittananda ausse gepfitzt / ihns Heembt
und auff d' Stögen / ich must lachen daß die Bethladen
zittert / und wie mein Wirth und Wirthin vernommen /
daß ichs gehöret und verstanden / wie sauber sein rein
Oesterreichisch Teutsch gegen meinem Schwäbischen

sey / liesse er mich nicht allein fürterhin zufriden / sondern ich krigte auch hinfort so magere Suppen / daß ich mein Kosthauß verändern muste.

So sind auch die nit zu loben sondern vilmehr zu schelten und zuverlachen / welche ein Ding mit weitläufftigen Umbständen vorbringen so sie auff Spartanisch gar wol kurtz und gut geben köndten; wie jener Stadtschreiber / der auch ein sonderbar neu Teutsch welches gar zier- und höfflich seyn solte / auffbringen wollen / vielleicht wann es auffkäm daß es mehr Schreibtax ertragen: und ihme also besser als eine laconische Art in die Kuche tragen möchte. Aber wer ihm zuhörete / wann ihm beym halben Rausch die Tauben recht stigen / der hatte sich krumm oder bucklicht lachen mögen.

Seinem Jungen gab er einsmahls disen Befelch; höre mein lieber getreuer weniger als ich / bequeme dich vermög deiner gehorsamen Schuldigkeit mit den dienstbaren Gliedern deines Leibs zu der Persohn deines eintzigen lieben Gebieters / und entledige dieselbe von denen zur Züchtigung verfertigten Tribulirern seines Pferds! ebenmässig auch von dem zwar beschwerlichen doch rittermässigen Zierrad / wardurch die Säulen / worauff der Pallast deß irrdischen Gebäus seiner Seelen Wohnung ruhet / vor Regen und Wind: vor Kält und

Hitz; vor Unreinigkeit / Schnee und allem Ungewitter beschirmt werden; Alle diese Umbständ waren keines andern Innhalts / als Jung / zeuch mir Sporren und Stiffel ab.

Seiner Magd befahl er folgends / du Ebenbild der jenigen Gleichförmigkeit / die uns wahren Menschen auß der lincken Seyten beydes zum Spaß und zur dienstlichen Hülffe im Anbegin zum besten erschaffen worden / dise trübselige Zeitlichkeit mit ihren Beschwerden desto leydenlicher zuüberstehen; Ergreiffe den jenigen Sack / der auß dem Flachs Jovis (ist zu Teutsch Zinn) durch die verarbeite der Jovial: und Saturnischen Metallen / gesponnen / geweben und außgenähet: auch mit meinen ansehenlichen wohlhergebrachten Wappen signirt worden; mit demselben begebe dich in disem Augenblick in das allerunterste Gewölbe meines Hauses / da wirst du finden ein großbauch-mässiges höltzern Geschirr / mit vieler Rundigkeit umbgeben / darauß gewinne mir soviel vom edlen Safft der nimmer genugsamb belobten Reben / daß dessen genugsamb sey / darmit zugleich die Brodtstraß auszuflötzen: meine lechzende Kehl zu erquicken: meine traurige Gedancken zu vertreiben / und die edle Hirngeister zu belustigen.

Zu seinem Weib der Frau Stattschreiberin / sagte er / als
er bald schlaffen gehen wolte: Du meines Leibs
untergebener Schleppsack / lasse dir belieben / dich
alsobalden in das mittlere Theil unserer häußlichen
Wohnung zu verfügen / und daselbst in solcher Gestalt /
als wie dich die Natur zu solchem Dienste anfänglich
hervor gebracht / in die Lindigkeit des Wassergeflügels
zu begeben / umb allda vor Ankunfft meiner selbst
aignen Person die eingeschlichne Art des
Mitternächtigen Luffts zu miltern und meinem Gefühl
angenehm zu machen / damit alsdann beydes das
Zitterschlagen und unlustige Geklöpper meiner
Mühlstein sich anzumelden kein Ursach habe; doch
schaue zu / daß bey diesem deinem auffgetragenen und
dienstschuldigem Geschäffte der warme Westwind / den
du vom Nidergang her wehen zu lassen pflegest / nicht
gebraucht werde / damit wann ich komme / mit dir die
jenige Sachen abzuhandlen / umb welcher willen wir ein
Paar genannt werden / meines Hirns Distilierschnabl /
dardurch sich die Wohnung meines Verstands rainigt /
nit gleich anfangs schimpfflich betrübt / und also der
gantze angenehme Lusthandel verderbt werde.

Nicht weniger kombts lächerlich heraus / wann
einer entweder aus Ubereylung / aus Unachtsamkeit /
Zorn / Forcht / oder auch wol gar mit Fleiß / eine Sach /

wie obengedachter Welsche sein gut Teutsch / das hinterst zum vördersten vorbringt;

Dieses verursachte nächstverwichnen May eine lustige Gartengesellschafft / als welche auch auff die Aderlässe nur Frölichkeit wegen beysammen war / ein Gebott zu machen / daß jeder Anwesende etwas auff solche Weiß vorbringen muste;

Der Erst sagte: Also befahl neulich eine Bäurin ihrer Magd / Hör Kettu / wir haben viel Richten zu vermorgen / darumb must du better auß dem Frühe / wird aber noch Haan genug seyn / wann die Zeiten das zweyte mal krähen; Alsdann heb das Bett auß dem Hintern / taige den Knett: und mach Bachofen ins Feur / Ich schaudere am Empfinden / daß ich den Halß am Rothlauff hab; lige derowegen / ich werde schwitzen früh sorgen bleiben müssen / biß ich ein wenig ausgemorgt habe; wanns aber auffstehen kan / so will ich müglich seyn; wo nit? so melcke die Hüner / greiffe den Säuen / und geb den Kühen die Tränck; und mach daß die Hirten bey Zeiten vor das Viehe getrieben werden; Ich will dir vor deinen Marck künfftigen Fleißtag einen Kram haarschnüren.

Der ander brachte eines Weibs Klag über ihren Mann folgender Gestalt vor: Ists nicht ein Tag und ein Nacht? Mein schön Wirthshauß sitzt Schand und Spott im

Mann! und läst mich daheim mit den armen kleinen Hungern bittere schwartze Kinder leyden! dann ich / sambt den armen Häusern haben kein Kind im Brodt: kein Holtz im Saltzfaß: keine Kuchel im Saltz: und keiner Haselnuß groß Wassersuppen / daß ich nur ein kahles Schmaltz voll Schüssel vor uns kochen könte; er hat allbereit in drey Hellern keine Woch mehr versetzt / sonder ein Paar Juden einem Leylachen verdienet; Jetzt sitzt er im Gelt und versaufft das Wirthshauß: Es wäre kein Hauß / wann ich auch so wunderte! Ich arme Nacht sitz manche halbe Kunckel bey der Tröpffin / und schlage biß die liebe Zwölff Glocken spinnet / welchen Weinschlauch der heyllose Gewinn nachgehends allein durch seine Jag gürgelt; aber koch / ich wills ihm anders harren; Ich will meine Nachbarin scheeren / wie es mein Beltz auch macht / und hernach die Zehr verwollen; Wann ichs nur meinem Laid zur Seelen thun wolte / so wisste ich prav Geld / das mir einen wackern Kerl zuverdienen gebe / meinen Hanrey zum Mann zu machen / aber ich will mich noch ein wenig bessern / biß er sich etwan pacientirt.

Der dritt sagte: Also pflegt mich mein Mutter auffzuwecken / und zur Schuelen zu weisen; Du heylloß Faulbett / wann wirst du dann nun einmal auß dem Siebenschläffer? hast du nit geschlagen / daß die Glock schon Achte gehöret hat? Ach wann dir der Hintern mit einem guten handvölligen Schulmaister über die Ruthe käm / ich wolte ihm noch ein Neu Jahr mehr als sonsten zum Dreybätzner verehren; Geschwind mach dich auß den Kleydern / und zeuch das Bett an / lese die Händ und wäsche den Morgensegen; esse ein paar Suppen voll Leffel / und alsdann schuel dich in den Pack / und fleiß lernig / oder dein Farnschwantz wird dir den Vatter mit dem Buckel abraumen müssen.

Der vierdte erzehlet / wie seine Nachbarin vor Jahren den Schneider bestellt: Ein guten Hanß Meister Abend / mein Arbeit lässt euch haußwirthen / ihr wollet uns morgen daheim bitten; Ich hätt euch unser Hauß gern in euer Arbeit geben / so hab ich aber vor mein Kind und Männer sovil Fürfüß zu strümpffen / daß ich solche Verrichtung daheim Flickereyen lassen muß / so sollet ihr auch meinem ältisten Rock ein gantz neues Kleidlin: und meiner Tochter ein kleines Kind machen; Uberdas hätte mein Mutz gern ein neuen Mann / soll euch derowegen fragen / wieviel ihr Stepfflöcher zu der Knöpffseiden braucht? will im übrigen eigentlich kommen / ihr werdet morgen hoffen.

Der fünffte liesse lauten / er wäre von seiner Mutter ebenmässig wie der obengemeldte dritte instruirt worden; Sie hätte ihn einsmals hinter die Nase gewiesen die Thür zu schneutzen; und als er in seiner kindlichen

Jugend wegen des verknüpfften Nestels die Hosen umb soviel völler gefüllt heimbgebracht / als er den Bauch nothdrüngenlich außlähren müssen / hätte sie ihm nach vollendter Säuberung disen Rath mit einer Ruthen eingebläuet / daß er / ehe er wiederumb s. h. in den Nestel scheisse / ehender die Hosen zerschneiden solte; welches er auch nachgehends nach ihren Worten gethan / aber übler empfangen worden sey / da er den Balsam mit heimgebracht.

Noch vil underschidliche dergleichen Schnacken wurden damahls von unserer lustigen Gesellschafft vorgebracht / deren wir so genug lachten / daß wir die Bäuch mit beyden Händen heben: und endlich aufhören musten etwas weiters zuerzehlen / wolten wir anders nit kranck übrigen Lachens werden; Welche thorechte Freud uns wol nit ankommen wäre / wann wir von Gottseligen Dingen / oder wenigst von ernsthafften und nutzlichen Sachen discurirt hätten; vornemblich weil wir wenig daran gedachten / daß man von einem jedem unnützen Wort Rechenschafft geben muß.

Aber besser mißredet als mißthan; hab ich mir doch von einem hochgelehrten tieffsinnigen Mann erzehlen lassen / daß selbiger bey einer Mahlzeit / da er ein Stuck Fleisch auß der Schüssel auff den Deller nehmen: und zugleich auff den Boden speyen wollen /

das Fleisch wider die Erde geschmissen / und hingegen
auff den Deller gespyhen.

Caput IX.
Von denen so sich unwissend eigne Sprichwörter angewehnen / und was sich deßwegen offt für lächerliche Schick zutragen.

Es seynd ihrer vil / die nehmen unvermerckt sonderbare Wörter und Sprüch an sich / welche sie ihnen dermassen angewehnen und in ihrem Maul so läuffig machen / daß sie selbige endlich in allen ihren Reden vorbringen / sie mögen gleich dahin taugen und sich schicken oder nicht! darauß entstehen dann offt so artliche Begebenheiten daß man darüber lachen muß / man wolle oder woll nicht.

Diese Angewehnung ist eigentlich zwar kein Mangel sondern vielmehr ein Uberfluß zu nennen; sie stehet einem nicht wol an; sie kompt doch nicht vom Unverstand: sondern von der Unachtsambkeit her / und wurtzelt endlich durch die Gewonheit so steiff ein / daß ein solch Wort oder Spruch weniger vergessen und sich abgewehnet werden kan / als den Kindern das Lullen; Simonide Atheniensis das laut reden / Pompejo sich mit einem Finger zu kratzen / und Catone Uticense mit beyden Backen zu fressen.

Lutherus redet Tom. 7. Jenensi fol. 446. In der Vermahnung zum Türcken / von etlichen Stätten die er Dreckstättlein (mit Gunst) nennet: Eine aus diesen hat zu des grossen Königs Gustavi Adolphi aus Schweden Zeiten einen Stattschreiber / welcher in seinen Reden immerhin zu sagen pflegte / Nit viel besonders; als nun höchstgedachter König mit seinem Sieghafften Kriegs-Heer sich derselben nähert / und Persöhnlich darinnen übernachten wolte / zog ihm der gantze Magistrat mit sambt den Predigern und Schülern hinaus entgegen / ihme die Schlüssel der Statt zu praesentiren / und damit sich und die Statt selbsten mit ihren Einwohnern in seinen Schutz zu begeben / bey welchem Actu dann der obbemeldte Stattschreiber das Wort thun muste / und also anfieng; Allerdurchleuchtigster / Großmächtigster und Unüberwindlichster König / nicht viel besonders / meine Herrn der Statt B. nit viel besonders haben mit hertzlicher Erfreuung vernommen die herrliche und vilfältige Sieg / nicht vil besonders / welche der Allmächtig GOtt Ihrer Königl. Majest. nicht vil besonders / zu unserer und unsers Vatterlands Freyheit und Erlösung / nit vil besonders / aus Gnaden Vätterlich verliehen; weßwegen sie den auch dem Höchsten schuldigen Danck sagen / nicht vil besonders / und denselben flehentlich anruffen / daß er Euer Königl. Majest. glückliche Waffen / nit vil besonders / mit noch ferneren Sieg / Glück Heyl und aller selbst Allergnädisten desiderirenden prosperitaet, nit vil besonders / gnädiglich segnen wolle; Es thun auch erstgemeldte meine Herrn nit vil besonders / sich / ihre Statt / deren Einwohner / ihr Weib und Kinder / Haab und Güter nit vil besonders / in Euer Königl. Majest. Großmächtigen Schutz und Schirm / nit vil besonders / demütig etc. Hier fiele ihm der König in die Red und sagte / es ist schon gut / gehe nur hin zu deinen Herrn und sag ihnen / du seyest nicht vil besonders.

Der Autor des wunderbarlichen Vogelnests hat pag. 72. eine Histori von einen Bauern / der ebenmässig ein dergleichen Sprichwort an sich gehabt / der aber hingegen seinen Renntmeister damit beschlagen gleichwie dieser König obgemelten Stattschreiber abgefertigt; vnd weil sie sich hieher schickt / will ich sie auch von Wort zu Wort hieher setzen.

Mein Nachbar Velte / der unnachbarlich Narr (sagt der Baur zum Renntmeister) wie es dann auch wahr ist / hat mich gezyhen ich hab ihm seinen Holtzschlegel gestohlen / wie es dann auch wahr ist / und hat mich und meine Frau einen Schelmen vnd einen Dieb / eine Hur und eine Hex gescholten / wie es dann auch wahr ist; so hab ich wollen gar gnädiglich fragen / wie ich mich gegen ihm verhalten soll? Bitt derohalben der gestrenge Herr Renntmeister als meine liebe Obrigkeit / wies es dann auch wahr ist / wolle mir ein Rath mittheilen; der Renntmeister antwortet / wann es wahr ist (wie du sagst) so gib ich dir den Rath daß du ihn nicht verklagest! Mein gestrenger und gnädiger Herr Renntmeister (antwortet der Laur) Baur wolt ich sagen / ihr verstehet den Handel noch nicht recht / wie es dann auch wahr ist / wann euch einer einen Schelmen und einen Dieb hiesse / wie es dann auch wahr ist / und hiesse euer Weib ein Hur und eine Hex / wie es dann auch wahr ist / und zyhe euch ihr hättet gestohlen / wie es dann auch wahr ist / woltet ihrs von ihm leyden? Mein Baur das wär ein anders / sagte der Renntmeister / und hiesse ihn damit fortziehen / und sambt seinen Gegentheil vor künfftigem Ampt-Tag erscheinen.

Das gehet nun noch alls wol hin / und ist auch bißweilen lustig zuhören / hingegen diß erschröcklich und entsetzlich / wann ein leichtfertiger Mensch sich angewöhnet / all Augenblick zu sagen der Teuffel soll ihn holen! oder der Donner oder Hagel soll ihn erschlagen; Wann einer sich angewöhnet nichtiger und liederlicher Ding wegen / die offt keiner Lauß werth seynd / das Ebenbild GOttes / sein edle Seel / seinen allerhöchsten Schatz den ihm Gott geben / und dieselbige der ewigen Seligkeit gleich seinen heiligen Englen zubesitzen fähig gemacht / sie auch hierzu mit dem allerkostbarlichsten Wehrth so theuer erkaufft / dem bösen Geist: GOttes und seinem aignen allerärgsten Feind hinzugeben und zuverpfänden! Wann einer sich angewöhnet hat / jedes Ding / es mag gleich gewiß oder ungewiß seyn / es mag wahr oder erlogen seyn / ohn allen vorbedacht mit seinem Ayd bekräfftigt! durch das angewöhnte Wort/ bey GOtt / zubestättigen / oder auch wol gar wissentlich seinem Nächsten ein Aug zuverklaiben!

Auff solche Weiß gieng jener Schwab treflich artlich an / da er nemblich etwas unwahrhafftigs mit einem Trunck beteuern wolte / und (massen solches noch vil zu thun pflegen) als er trincken wolte / GOtt darüber anrueffte mit disem Wunsch: wann es nit waur ischt / so gea GOtt / daß dieser Wain a Gifft und Popperment in mir weard; da er aber den bittern Geschmack (dann es war Wermut-Wein) empfande / und dannenhero sich nichts anders einbildet / er wurde nun auff den letzten Loch pfeiffen müssen / auß gählingen Schröcken auffschrye / Aun nu sey GOtt meiner armen Seylen gneydig! aun main arm Weib und Kinn! Aun ihr Haira hairet umb GOttes willa / es isch wearle els nit waur was ih gseit haun! und so solte es billich allen gehen wie disem Schwaben / welche auch wie er eine Gewonheit haben / ob sie sich villeicht besserten.

Caput X.
Was gehey ich mich drumb?

Ich komme aber widerumb auff unsere Sprach-Helden /
als mit welchen ich vor dißmal mehrentheils zuthun; die
zwar / so die rechte teutsche Sprach bey ihrer Reinigkeit
zuerhalten ihnen angelegen seyn lassen / seynd billich
mit allen andern rechtschaffenen Teutschen / so vor die
Ehr ihren Vatterlands eyfferen / mit höchstem Lob
zubecrönen; Was aber auß ihnen so unreimbte
Quackeley vorbringt / in dem sie entweder das alt
Teutsch mit Verwechslung der Buchstaben reformiren:
Nagelneue von ihnen selbst erfundene / oder die alte
verlegene vor 1000. Jahren abgangene Wörter mit
Gewalt wider einführen: theils Buchstaben gar deß
Teutschlands verweisen (alwo sie doch durch
Verjährung so langer Zeit einen unstreitbaren Sitz
erlangt) wann sie nemblich Kwal für Qual / Fader für
Vatter / Mieder für Mutter uff stoltz Straßburgisch / und
dergleichen schreiben wollen / wannenhero an statt
zierlicher Wörter eytel Mißgeburten erscheinen
müssen / oder es wenigst das Ansehen hat / als wolte
sich das dapffer Teutsch wie die Narren in der Faßnacht
verkleyden / dieselbe naßweise Stümpler mögen
obenangeregte lobwürdige Teutsche zu den klugen
Chinesern verweisen / die in ihrer gantzen Sprach
das R nicht brauchen; will ihnen auch gantz nit

verwehren / wann sie ihnen auch die jenige Großdüncker mit auff den Weeg geben / die ein Handwerck darauß machen / der vollkommenen Teutschen Sprach allerhand frembde Wörter beyzuflicken / und durch solche unnöthige Ankleybung dieselbige mehr verstellen / als zieren; ja ihr gleichsamb die Schand anthun / als wann sie in und vor sich selbst unvollkommen: und so mangelhafftig sey / daß sie frembde Wörter nit entberen könnte / sonder das ein und andere von den Außländischen entlehnen / oder wol gar erbettlen muste; da doch die Tropffen selbst ihre aigne Muttersprach nit völlig gelernet / noch recht verstehen.

Das Wort Gehey ist bey uns Teutschen so verhasset / das sichs ein ehrlicher Mann schämbt außzusprechen / und wann es jemand ungefähr im Zorn oder sonst entwischt / so wirds einem vor eine schändliche Red gerechnet / dahero es etliche verzwicken wann sie es jemand also nachsagen / was geschneids mich? Ist aber gefählet / weil dises schöne Wort jetziger Zeit unter vilen tausend Teutschen kein einiger mehr recht verstehet; Neulich wurde einer von einem Priester vor der Obrigkeit verklagt / er hätte ihn hinterrucks geschmähet / indem er gesagt / was gehey ich mich umb den Pfaffen? Beklagter verantwortet sich hingegen folgender Gestalt:

Daß ich dise Wort geredet hab / kan und wil ich nicht läugnen / daß ich aber seine Ehrwürde damit beschimpfft / kan ich nimmermehr gestehen; dann das uralte Wort Ey / welches beydes Griechen und Lateiner Hei schreiben und außsprechen / est interjectio ingemiscentis, gleichsamb ein seufftzendes Ach! Wann ich mich nun nichts umb den Priester oder seine Wolfahrt kräme / bekümmere / geeye / oder seinetwegen ächtze / so kans ihm weder zum Schimpff noch zum Spott / oder zur Schand geraichen; und zwar wer will mich zwingen / mir seinetwegen vil graue Haar wachsen zulassen? Er ist weder mein Vetter noch Pfarrherr oder Seelsorger / befinde mich auch auff andere Weeg / ihne nit verbunden zuseyn / mich seinetwegen zu todt zubekümmern etc. Der Priester hingegen brachte vor / es sey landkündig / daß diß garstige Wort niemahlen gebraucht werde / es geschehe dann jemand damit zuverschimpffen / dahero scheuten sich ehrliche Leuth solches nur ins Maul zunehmen / über das / wann ihn Beklagter nicht schmähen wollen / warumb er ihn dann so verächtlich einen Pfaffen genennet? Darauff antwortet Beklagter / das Wort Geheyen seye nit garstig / auch nicht so unhöflich / daß sich von dessentwegen ein Biderman schämen müsse / solches zugebrauchen; sonder gleich wie auß dem Grund der Sprach erscheine / das geeyen oder geheyen wider

ehrlichen Wolstand und die Höfligkeit nit lauffe / und
nichts anders heisse /als sich mit Aechtzen und
Grämen / hertzlich bekümmeren / oder innigklich
betrüben (als wann man sagt / was geheyts mich /
heists / was kränckts mich; was gehey ich mich umb ihn
/ heists / was hab ich mich umb ihn zu quelen und so
fortan:) Also wolle er hingegen gern gestehen / daß die
Meinung und der Sinn der Wort / sie würden nun
gleich / was gehey oder was bekümmere ich mich umb
ihne / außgesprochen / wider die Art der wahren
Christlichen Liebe lauffe / wessentwegen dann auch
villeicht die alte andächtige fromme Teutsche Christen
solches Wort als Unchristlich: aber nicht als unhöflich
verworffen / und solches zuhassen angefangen haben
möchten; aber betreffend das Wort Pfaff / damit hette er
Herrn Klägern eben so wenig zuschelten: als mit
vorigem zuschänden gemeint / sintemal dasselbige der
Geistlichen uhralter Ehren-Nahm gewest; und auß dem
Wort Papa, das ist Vatter / herentsprungen sey; Zoge
auch damit zu solchem Beweißthumb einen alten
Pergementinen Brieff hervor / also anfahend; Kund sey
männiglich mit disem Brieve / daß hüt zwischen der
Ehrwürdigen Pfaffheit zu N und der ehrbaren Gemeind
zu N: nachfolgende Rachtung getroffen worden / etc.
mit Bitt / der Richter wolle seiner beywohnenden
Weißheit nach erkennen / daß Kläger durch dise Wort

von ihne Beklagten weder geschimpffet noch gescholten worden / wie es dann auch in Warheit so böß nit gemeinet gewesen sey.

Hierauff fiele der Bescheid / wann Beklagter bey seinem Gewissen / Treuen und Glauben behalten könnte / daß die vermeintlich schänd und ehrenrührige Wort von ihme nicht der Mainung / Klägern verächtlich zubeschimpffen: sondern nach Art und in keinem andern Verstand / als wie ihr erläutertes Alterthumb mit sich bringt / außgesprochen worden; würde er zwar von der Anklag ledig erkandt / gleichwol aber darvor gehalten / daß er in Betracht- oder Beobachtung deß Gebotts der Christlichen Liebe / welches wil / daß wir über unsers Nächsten: wie über unser eigen Ungefäll trauren und Mitleyden tragen sollen / zu wenig gethan.

Diß ist denen gesagt / welche / weil sie ihre Muttersprach villeicht nit vollkommen verstehen / oder reden können / sich frembder Wörter behelffen; ob sie nun deßwegen auch mit andern in China zu verweisen / stehet dahin; Aber die jenige welche auß Hoffart / und damit sie gesehen seyn möchten / einen Hauffen unteutsche Wörter einzumischen pflegen / welche weder sie selbsten noch andere die mit ihnen sprachen / verstehen / geschweige recht reden können / wollen wir den Sprachkündigen und Gelehrten (als deren Affen sie ohnedas seynd) zu gefallen im Land lassen / nicht allein selbst ihre Kurtzweil an ihnen zuhaben / wann sie so werckliche Wörter vorbringen / sonder auch sich in ihren Reden zu spieglen und wahrzunehmen / wie närrisch es stehe / wann ein Teutscher mit Fleiß und ohn alle Noth frembd redet / da er die Sach in seiner aignen Muttersprach viel verständlicher und zierlicher vorbringen könnte.

Caput XI.
Wo das beste Teutsch zu finden.

Ich habe etwan einen groben Esel einen andern
seines gleichen auff die Kürbe laden hören oder eine
schandliche Arbeit (welche gleichwol kein Herrn Gebott
ist) mit unflätigen Worten thun heissen daran er
henckte / diß ist gut Teutsch; Ich kan aber solche
garstige Zotten nicht loben / wann sie gleich noch so
fein teutsch / so vil die Aussprach anlanget klingen vnd
heraus fliessen als wann einem der Halß mit Speck
geschmiert wäre; begehre auch hier nichts darvon zu
melden / sondern nur zu sagen / wo vnd durch welche
das beste und zierlichste Teutsch geredet werde.

Den Ruhm dieser Ehr hat von langen Zeiten her zwar
die Statt Mayntz gehabt / welches ich ihr als meiner
lieben Landsmännin von Hertzen gern gönnen möchte;
aber ich sorge daß solcher jetziger Zeit nicht ihr:
sondern vor ihr und allen anderen Stätten vnd
Provintzen in gantz Teutschland der Statt Speyr und
ihrem nächsten Bezirck gebühre / dann da wird man
einen guten Strich biß überhalb Durlach und Baden
hinauff auch bey manchen Bauern / besser Teutsch
finden als in vilen vornehmen Stätten; welches meines
Davorhaltens das Käyserl. alldorten befindliche
Cammer-Gericht / die Fürstl: Bad: Durlach: und Baden
Bad: wie auch die Bischoffl: Speyerisch: Hoffhaltungen

in der Nachbarschafft: und dann so vil Gelehrte geistlich und weltliche / die sich immer in selbiger Statt auffhalten / verursachen; dann diß ist gewiß / wer mehr lißt und schreibt als er mit Leuthen die nicht recht Teutsch reden / mündlich conversirt / der lernet unvermerckt eins und anders also aussprechen / wie ers zu lesen und zu schreiben pflegt; wann dann zween oder mehr zierlich redende literati von andern gehöret werden / die gleichwol ungelehrt oder wol gar nur Weiber oder Kinder seyn / so öhmen sie jenen alsobalden entweder ohngefehr oder auch wol mit Fleiß ihre Sprach nach; dahero es dann kompt / daß Speyr und seine Benachbarte wegen der vilen Gelehrten beständigen Beywohnung je länger je besser teutsch machen.

Auff der kleinen Seyten zu Prag wird so gut Teutsch geredet / als irgendswo in gantz Teutschland; das macht / daß die Teutschredende keine baurische Nachbarn auff den umbligenden Dörffern haben / die ihnen ihre Sprach verderben; dahingegen die Franckfurter von den Wetterauern: die Straßburger von den Kocherspergern: die Tübinger von den Schwaben: die Regenspurger von den Bayern: die Marpurger von den Hessen: die Leiptziger von den Meissnern: und also auch andere von ihren grobteutschredenden Nachbarn vil Unzierden an sich nehmen müssen; ob gleich ihrer

vil zimblich gelehrte Leuth: ja gar Academien voller
jungen Studenten haben / die sich alle eines
zierlichen Teutschen befleissen. Sintemal das Volck
mehr mit denen Bauern als mit den Gelehrten zu
handlen hat. Unter allen teutschen namhafften Stätten
aber bedunckt mich keine läppischer Teutsch reden als
das sonst Majestätische Cölln / deren Sprach sonst
niemand besser anstehet als dem Weibervolck; doch nur
denen die sonst auch schön seyn.

An den Schweitzern scheinet als ob sie ihre Wörter wie
die welsche Hanen hinten im Rachen oder oben im
Gaumen formirten; die Schwaben möcht einen
beduncken / brauchen die Naase auch zu ihrer
Aussprach; die Francken nehmen das Maul gar zu voll
wann sie reden; die Bayern vnd Oestreicher ziehen
etliche Wörter länger als der Schuster das Leder / und
etliche stutzen sie so kurtz ab wie die Frantzosen die
Schwäntz an ihren Pferden; die Niderländer und was gut
alt Sächsisch Teutsch oder Westphalisch redet /
verfertigen ihre Wörter gleichsamb vornen im Mund
zwischen den Lefftzen vnd vordern Zähnen; die
Meissner und ihre Nachbarn brauchen zuviel
überflüssige Wörter und Buchstaben; und wann man aus
jeder Art diser Sprachen einen nehme und sie zusammen
sperrete / so würden sie mit der Zeit entweder ein recht
mittelmässig Teutsch zusammen bringen / oder

allesammen dem jenigen nachöhmen / der eintweder die leichteste Aussprach hat / oder dem / der am allermehristen papplet.

Von eintzelen Personen aber reden am besten teutsch / erstlich wie gemeldt / die Gelehrte / so vil lesen und schreiben; Zweytens die Kauffleuthe und andere / die vil raisen / warunter auch die Soldaten zu rechnen; das allerbeste aber / beydes in Reden und Schreiben wird hin und wider in den Fürstlichen Cantzleyen gefunden / allwo man einen weit andern und ansehenlichern Stylum findet / als bey etlichen Sprachhelden / die zwar darvor gehalten werden wollen / ob wissten sie allein die Teutsche Sprach zu reformirn / und sie von aller Unsauberkeit / gleichwie der Drescher den Waitzen zu läutern / da sie doch ihre aigne Sitten nit corrigirn; diese vermeine ich / welche das Teutsch von allen frembden Wörtern gerainiget und geläutert wissen wollen; ihre Leiber und Gemüther aber nichts desto weniger mit Frantzösischen Kleydungen / Barüquen und kleinen wintzigen Knöbelbärtgern (wann sie nichts mehrers vermögen) gleich den natürlichen Frantzosen verstellen / zieren und tragen; ja wanns nur seyn könte / wol was anders mehr auff Frantzösisch thun: und dardurch / soviel an ihnen ist / das allergottsbeste Teutsch (welches da ist ohne alle Gefährden / Falschheit / Untreu / und Argelist / fein redlich / auffrichtig / treu- und offenhertzig / unerschrocken / ernst- Mann- und standhafft / gerecht / etc. und was vor dergleichen Teutscher Aigenschafften mehr sich finden / seyn und leben) verderben helffen möchten und dörfften; Jener Weise sagt recht und wol / gegenwertiger Zeit Wörter soll man sich gebrauchen / und der Alten Sitten nachfolgen.

Ist diesemnach der jenige der allerbeste Teutsche / welcher der alten Teutschen Tugenden übet und liebet / wann er gleich nit besser oder zierlicher redet als ein kropffiger Pingauer / und bey einem solchen ist auch das beste Teutsch zu finden.

Caput XII.
Der Teutschen Sprach sonderbare Art und Aigenschafft / sambt Anregung deren Reichthumb von vielen überflüssigen Wörtern.

Der fleissige Teutsche Scribent Zeilerus meldet in seinem neuverkürtzten Teutschen Raißbuch 1662. zu Ulm gedruckt / cap. I. pag 3. daß in der Teutschen Sprach mehr dann 2170. Teutsche Wörter von einer Sylben sollen gefunden werden; aber was wolt diese Zahl seyn / wann man erwegt / daß der Teutschen Sprach aigne Art ist / beynahe alle ihre Grund- oder Stamm-Wörter (so sonsten bey keiner andern Sprach in der Welt befindlich) nur mit einer Sylbe darzugeben? und ich würde leicht zu überreden seyn / daß ich glaubte / alle Wörter der gantzen Teutschen Sprach wären anfänglich nur in einer Sylb bestanden / wann ich vornemblich erwege / daß noch die mehriste namhaffte und gebräuchlichste Ding / so die Teutsche vor Alters gehabt / mit einer Sylb genannt werden; wir wollen nur auff einen Baurnhof gehen / dann finden wir gleich Hauß / Hof / Gart / Scheur / Stall / Pferd / Kuh / Kalb / Ochs / Schwein / Haan / Henn / Ganß / Aendt / Pflug / Wagen / Karch / Graß / Heu / Oehmt / Holtz / Stroh / Mist / Baum / Laub / Blat / Schaaf / Lamb / Hund / Katz / Mauß / Mensch / Mann / Weib / Kind / Knecht / Magd / Bueb / Berg / Thal / Matt / Feld / Tisch / Stuhl /

Banck / Härd / Thür / Korn / Frucht / Waitz / Speltz /
Linß / Erbß / Bohn / Saam / Kraut / Rub / Blum / Ros /
Gilg / und dergleichen; Und wer wird mich immermehr
anders überreden könden / daß nicht noch mehr
einsilbige Wörter gewesen / welche etliche
Sprachverderber (deren man noch heutigs Tags viel
findet / wie ich hievorn im 7. Capitel vom E ein
Exempel vorgebracht) zweysylbig gemacht haben?
massen es gewiß ist / und sich täglich hören lässt / daß
wir Teutsche mit dem E mehr verschwenderisch / als
freygebig / umbgehen / das ist / daß wirs mehr brauchen
/ wo es nit vonnöthen / als an den Stellen / wo wirs
nothwendig haben müssen;

Dann wir pflegen bitter / betten / Mangel / und so fortan
zu schreiben / allwo in jedem Wort das hinterst E ein
Uberfluß / massen ein jeder Judenbueb / der nur lesen
und schreiben kan / diese und dergleichen Wörter in
ihrem End hart aussprechen: und vor bitter / bitterr / vor
betten / bettenn: vor Mangel / Mangell sagen würde; so
aber nicht geschehe / wann wir bittr / bettn / Mangl /
etc. zu schreiben noch gewohnt wären / wie zum Theil
bey etlichen Bauern / Oberpfältzern / Oesterreichern /
Saltzburgern / Kärntnern / Steyrn und Tyrolern beydes
im schreiben und in der Aussprach üblich. Und
gleichwie hier im End deren Wörter das E zuviel / also
ist es auch im Anfang etlicher anderer ein Uberfluß; so /

daß wir gar wol und mit guten Gewissen gleich erstgedachten gegen Auffgang wohnenden Teutschen / (die warhafftig ihre Sprach nicht unter das verderbte Teutsch gerechnet wollen haben) viel dreysylbige Wörter wiederumben einsylbig machen konden; wann wir nemblich / zum Exempel / vor gewesen / getragen / beschimpffet / betrogen / etc. gwesn / gtragn / bschimpfft / btrogn / und so fortan schreibn woltn.

Wanns nun die Teutsche Sprach adelt / und ihr zu sonderbahrem Ruhm geraicht; zumahlen ihr Alterthumb: und daß Aschenatz vor Erbauung deß Babylonischen Thurns in Teutschland kommen / daraus erwiesen wird (wie gedachter redliche Teutsche Zeiler an bemeldtem Orth erinnert) sofern sich viel einsylbige Wörter in derselben befinden; so wolte ich unsern Sprachhelden / die so ernstlich für ihr Vatterland eyffern / und dasselbe bey der Reinigkeit seiner in ihr selbst bestehenden Sprach zu erhalten sich angelegen seyn lassen / getreulich gerathen haben / sie wolten Fleiß anlegen / sich mehr solcher einsylbigen Wörter / als ihrer neuerfundenen Fratzen zu gebrauchen; dann werden sie nit nur 2 oder 3000. derselbigen zusammen bringen / sonder gar nahe mehr als noch soviel; wird auch besser teutsch klingen / wann sie Fenstr vor Tagleuchtere schreiben / etc. Ja es werden ihnen gleich alle Baurn nachöhmen / sonderlich die Preißgauer / die vorlängst gewohnt seyn mit 3. Sylben zu sagen / welchs wengr haun? da hingegen die hoffärtige Sprachhelden mit 7. Sylben sprechen / welches wollet ihr haben? und alsdann werden die gute Haußhälter mit dem Papyr auch besser hinauslangen mögen!

Da werden wir dann mit dem Reichthum und Adel unserer Heldensprach prangen / wann wir den Ausländern weisen / daß wir aus dem eintzigen E / dem allergebräuchlichsten aus den fünff Stimm-Buchstaben (die doch so schwer zu entbehren) sovil 100. hinweg zu werffen haben! wird der Teutschen Sprach auch besser anstehen / als wann man deren eben sovil so hinten als vorn wie an einem Bettlers-Mantel ohnnöthig anflickt; massen einige Scribenten zu thun pflegen / die sich keine geringe Kerl zu seyn beduncken.

Ich bin zwar von keiner so hohen Einbildung / daß ich mich unterstehen dörffte / unsere Sprach zu reformirn sondern war nur des Sinns / solche zu loben und zuerinnern / daß sie ihren Landskindern / wann sie gleich keiner Außländischen kündig / genugsamb sey / in ihr zu lernen und zu begreiffen / so vil immermehr einem Menschen zu wissen vonnöthen; doch werde ich nicht unterlassen sonder erkühnen / nechstkünfftig mein Galgen-Männlein (das ist / ein curioses kurtzes so genandtes Tractätlein) mit disem wider neuzugerichteten Simplicianischen Stylo ausmondirt / in die Welt zu schicken / welches im Vorbeygehen neben andern seinen Nutzbarkeiten auch lehren und errinnern wird / auff was Weiß man mit den guten ehrlichen E gesparsamer umbgehen: vnd die einsilbige Wörter in unserer teutschen Sprach widerumb vermehren möge; gefällts den Meissnern und ihren Nachbarn nicht als ein Landsmann / so werdens doch die Oestreicher und ihre Anstösser nicht verstossen: ich wolte sagen / bekompt es gleich seine Tadler? so wirds doch auch Lober und Beystander: und wer weiß? villeicht auch Nachfolger finden; dann viel Köpff viel Sinn / jedem gefällt seine Kappe; Der Ertzteutsche Rist bezeugt / daß sich einer die lateinische Sprach zu reden geschämt / aus Forcht er möchte vor keinen rechtschaffnen Potzmarterer und Blutvergiesser: sondern nur vor einen Schulfuchs gehalten werden / da hingegen andere Gerngrosse viel lieber Latein reden wolten / wann sie es nur könten; muß man derowegen einen jeden mit seinem Kolben seines Weegs gehen lassen.

Sonsten scheinets / als wann die teutsche Sprach auch viel überflüssiger Wörter hätte / die einerley bedeuten (welche von den Griechen und Lateinern Synonyma genannt werden) von denen man als ohnnöthig ihrer viel entrathen könte; als Roß / Gaul / Pferd; Frau / Weib; Knab / Bueb / Jung / Jüngling;

Butter / Schmaltz / Ancken; holdselig / freundlich /
lieblich / und dergleichen so nur ein Ding bedeutet; aber
unter diesen und mehr solchen Wörtern seyn drumb
keine Außwürffling: sonder sie seynd alle lauter Zeugen
/ zu beweisen wie vollkommen reich und nett das
Teutsch in und an sich selbst sey; eins und anders fein
austrücklich zu unterscheiden / so daß man auch gantz
keiner frembden Wörter bedürfftig / wann man diese
und andere nur recht gebraucht; Roß / Pferd und Gaul
bedeutet zwar nur ein: gleichwie Frau und Weib ein
anders Thier; aber wann man sagt Gaul / so bedeuts daß
ein Pferd groß: wann man sagt Roß / daß es arbeitsamb:
und wann man Pferd sagt / daß es schön und zierlich
sey; gleichwie Frau eigentlich eine Herrscherin: Weib
aber nur eine Vermählte bedeutet: also gebührt Knab
eigenlich einem wolgezogenen Vornehmen: Bueb einem
schlechten Ungerathenen: Jung einem Dienenden: und
Jüngling einem bey nah erwachsenen Sohn oder jungen
Mannsbild; Butter wird der rohe genandt / wie er
ausgeplumbt wird / der gesottene aber Ancken / unnd
Schmaltz heist ein jedes Fett / damit man die Speisen
schmältzet; so kan auch eine Schönheit wol holdseelig
und liebreitzend seyn / ob sie gleich nit freundlich / und
eine sonst nicht Schöne sich freundlich erzeigen / und
durch eine angenommene Lieblichkeit sich liebwürdig

und holdseelig machen; Aber genug hiervon / diß
Capitel möcht mir sonst zu lang werden.

Caput XIII.
Daß es nicht jederzeit rathsamb sey / sich mit seinen frembden Sprachen an den Laden zu legen / auch von den allerärgsten Teutschverderbern.

Ich weiß in unserer Nachbarschafft eine Statt / darinnen Burgermeister und Rath über eine wichtige Sach sich berathschlagten / der Stattschreiber (welche Leuth dann zimblich kirr zu werden pflegen / wann sie gleich keine Stimme haben) fieng an / etlichen gelehrten Rathsverwandten seine Meinung ohnbefragt auf Lateinisch zuvernehmen zugeben; aber der Burgermeister / ob er ihn gleich als ein literatus wol verstunde / sagt ihme / er solt das Maul halten / oder teutsch reden; Als sich nun der Stattschreiber beschimpfft zu seyn vermeinte / und sich gegen dem Burgermaister abermal in Latein dises Inhalts entschuldigen wolte / er hoffte nicht unrecht gethan zu haben / weil er und die vornembste Rathsherren ihn ja sowol verstanden / als wann er Teutsch geredet; Antwortet ihm jener / du must wissen / daß alles / was hier abgehandelt wird / auff Teutsch geredet: verstanden: berathschlagt / geschlossen / und auch auff Teutsch biß zu seiner Zeit verschwigen gehalten werden muß; Es ist nit umb mich / dich und andere Sprachkündige Rathsfreund allein: sonder umb die jenige zu thun / die kein Latein verstehen / und dannenhero nicht zu verdencken seyn würden / wann sie argwohnen möchten / wir gebrauchten dasselbe wie die Juden ihr Hebraisch / welche selbige Sprachen gemeinigklich zu reden anfangen / wann sie einen Christen / der sie nit verstehen kan / in der Handlung zu betrügen beschlossen: damit nun dise ehrliche Rathsfreund / die das Latein nit gelernet / keine Gedancken machen köndten / du und andere seyen solche Maußköpff wie die Juden / so bleib ein andermal mit deinem Latein vom Rathhauß; es sey dann daß du wollest / ich soll auch deiner Persohn gar die Rathstuben-Thür versperren.

Diesen scharpffen Verweiß hat gedachter Stattschreiber durch Lateinisch-Reden: ein Stabhalter aber ohnweit von dannen einen trefflichen Vortel durch Latein-Verschweigen zuwegen gebracht; derselbe war / will nicht sagen von Sitten: sondern von Gestalt / Kleydung / Bart / Haar / Geberden und in Summa nach aller übrigen Beschaffenheit des Leibs also anzusehen daß einer / der ihn zuvor nit gekandt / und ihn unter einem Hauffen grober Bauern suchen und heraus lesen sollen / wol ein paar Pfund Liechter verbrennen hätt müssen / ehe er ihn gefunden; dann er war wegen tödlichen Abgangs seiner wolhäbigen Eltern / die ihn studiren lassen / aus der Schulen zu seines Vatters Pflug gerathen / und dannenhero einem jeden Bauern so ähnlich: dargegen

aber auch zum Stabhalter worden / welches die höchste
Würde ist / darzu ein gemeiner Mann in seinem
Heymath gelangen kan; Als er nun Krafft seines
tragenden Ampts in verstrichenem langwürigen
teutschen Krieg zu dem Gubernator und Kriegs
Comissario einer nahe gelegenen Guarnison geschickt
wurde / wegen seines Stabs untergehörigen der
Monatlichen Contribution halber auff ein leidenlichs zu
tractiren; wurde er anfänglich / wie zu geschehen
pflegt / rauch angefahren / und ihme mehr gefordert / als
er zu geben getraut; In Summa / er wurde / wie seine
Kleyder dargaben / wie ein Baur bewillkommt; er stund
da wie ein Stockfisch / und als der Obriste
und Commissarius allerley Anschläg in Latein
machten / durch was vor Vörthel /
Betrohungen / executionen und andere militarische
Mittel die neu assignirte Contribuenten zum Bohren zu
bringen / stellt er sich schlechter und einfältiger
als Davus; wuste aber indessen seine Schantz so wol in
acht zu nehmen / sein Spiel so kluglich zu karten und
allen Anläuffen so artlich und sinnreich zu parirn / ja
sich und seines Ampts Angehörige dermassen
auszuhalfftern / daß er endlich unter dem Schein einer
puren Einfalt die Summ der Gelder nach Wunsch auff
ein leydenlichs brachte; welches ihm wol nimmermehr

so leichtlich gelungen wäre / wann er sich vor ein
weisen Sprachkündigen Mann dargestellt hätte;

Als er nachgehends das erste Monat-Geld
dem Commissario liefferte / und der Obriste indessen
erfahren / was er vor einen gelehrten Baurn vor sich
gehabt / liesse er ihn zu sich holen / und an seine Tafel
setzen / (welches nit bald einem jeden widerfuhr) da er
ihm dann soviel Ehr anthät / als sonst einem gelehrten
Mann von ihm zu widerfahren pflegte; er gestund ihm
auch unverholen / daß ihn nie keiner so meisterlich
betrogen / als eben er!

Darum soll man nicht allweg ohne Noth so
geschwind mit den erlernten Sprachen heraus wischen /
wie ein Gauckler mit seinen Bechern aus der Taschen /
umb groß und verständig zu scheinen; die Alte haben
nicht umbsonst gesagt / Thue nicht alles was du kanst /
Red nicht alles was du weist / etc. geschweige das
Schweigen eben so offt nutzlich: als Reden gefährlich
ist.

Uberdas haben wir von unsern Vorältern ein
Sprichwort / so noch heutigs Tags widerholet wird /
wann sich bey einer auffrichtigen / teutschgesinnten und
verträulichen Gesellschafft die Sprach verändert;
nemblich / pflegt man alsdann zu sagen / Ein jeder hab
Sorg zu seinem Beutel! woraus genugsamb

abzumercken / daß die Alt-Teutsche darvor gehalten haben möchten / der jenige hätte nichts guts: vielleicht gar ein Diebsstück im Sinn / der in Gegenwart seiner ehrlichen teutschen Landsleuth eine frembde ihnen unverständliche Sprach auff die Bahn brächte! Hier möchte zwar ein Ausländer / oder auch wol gar ein auffgeblasener Sprachkündiger Landsmann sagen und fragen / warumb seyd ihr forchtsame Hasen so mißtrauig? wer nit traut / dem ist nit zu trauen! darauff gib ich die Antwort / das Mißtrauen sey gantz wider die Art der auffrichtigen redlichen Teutschen; und wann sie nit besser trauten als die Ausländer / so würden sie nicht so offt von ihnen betrogen worden seyn; zu dem weiß ein jeder nur mehr als zu wol / daß die Bettler / Landsknecht / Strolchen / Zigeuner und andere Maußköpffe sich keiner andern Ursachen halber deren von ihnen selbst ersonnenen so genannten Rothwelschen Sprachen gebrauchen / als andere ehrliche Leuth / die solche nicht verstehen / zu betriegen / zu hintergehen / zu übervortheln und gar zu bestehlen; und Lieber / warumb solten sie dir besser trauen als jenen? indem sie dich so wenig als selbige verstehen / dir auch so wenig als jenen ins Hertz sehen können.

Doch gehen offt solche Dockmäuser gewaltig an / wann man ihnen die Hand im Sack erwischt / wie jene zween Landsknecht / die im Wirthshauß ein Halbs

trancken / da einer zum andern sagt / dort stehet ein
Bleysack (Kandel) und paar Trittling (Schuch) ich wills
bracken (stehlen) dem aber die Magd antwortet / Ihr
Lenninger (Soldaten) lassts bracken seyn / oder der
Schächer (Wirth) soll euch grandige Kuffen stecken /
das ist / schwere Schläg geben.

Endlich halte ich diese vor die allerärgste und
schädlichste Teutschverderber / deren Sinn / Sitten /
Geberden und Klaidungen gantz außländisch seyn / ob
sie wol kein eintzig frembd Wort reden oder verstehen
können; an welchen sonst nichts Teutsches mehr übrig
ist / als blößlich ihre Muttersprach; diesen allen
wünsche ich / daß es ihnen gehe wie jenem Teutschen
Frantzosen / welchen einige natürliche Frantzosen auff
ihre Sprach mit tieffen Complimenten grüssten / weil
aber weder er noch sein Kleid nit antworten konte /
leiden muste / daß sein Rock ihme auff dem Buckel / als
ein grober unhöflicher Landsmann von den grüssenden
Frantzösischen Röcken zimlich hart ausgestäubt würde;
Ist ein schlimm omen, wann ein Nation den Ausländern
nachöhmet! Ja es ist ein Schand / wann ein sonst von
Art hartes / ernsthafftig und gravitätisch Volck allerley
läppische Uppigkeiten annimbt / und mitten in dem
Vatterland seiner mannlichen Vorfahren / so zärtlich wie
die Weiber zu leben anfängt; So bald Scipio die
Asiatische niedliche Wollustbarkeiten nach Rom

gepflantzt / geriethe die Herrlichkeit und Majestät der grossen Weltbeherrscherin ins Abnehmen / biß sie endlich zum Raub vieler Völcker wurde; Wie übel dem Hanibal sein fettes Quartier zu Capua bekommen / hat er mit Schmertzen beklagt; aber wann man ein Volck mit Waffen nit zwingen noch im Zaum halten kan / so muß man Seitenspiel gebrauchen. Darumb lobe ich die Russen oder Moscowiter / daß sie ihr Inheimische zu Hauß behalten / und sich nach Müglichkeit befleissen / keine solche schädliche Neuerungen bey ihnen einschleichen zu lassen. Ob wir sie im übrigen gleich vor grobe Barbaren halten möchten.

Ja / möchte mancher sagen / soll man drumb keine Sprachen lernen / sonder ein unwissender gEsell bleiben / wie du villeicht einer bist? Nein / mein Freund / behüt GOtt / das rath ich nicht; die frembde Sprachen schaden an sich selbst nichts / sonder die angenommene mit eingeschlichene Sitten; Als einsmals ein Schmied mit neuen Aexten durch einen Wald zu Marckt gieng / erschracken alle Bäum und avisirten ihren König /was vor eine grosse Mäng ihrer Feind und Verderber vorhanden wäre! Der König fragte / ob auch jemand aus ihnen bey den Feinden sich befände? das ist / ob die Aext auch Helm hätten? Und als ihm darauff mit Nein geantwortet wurde / sagte er / so hats noch lang keine Noth mit uns; Wie werden aber wir bestehen / wann uns ein Volck bekriegen und unser Freyheit unter sich zwingen wolte / dessen Sprache wir schon reden / dessen Lebens-Art uns wolgefält / dessen Kleidung wir bereits tragen / dessen Thun und Wandel wir lieben und ihme in allem nachäffen? Ich schliesse aber hiemit kurtz / und sage noch einmal / gegenwärtiger Zeit Wörter mag man sich wol gebrauchen / man soll aber der Alten Sitten: vornemblich aber ihrer Standhafftigkeit und Tugend nachfolgen; Und diß ist das hierinn gesuchte Ziel und

ENDE.

Buchtipps:

Während das Deutsche Kaiserreich und der Nordische Bund fast überall in Europa für Frieden, Freiheit und Sicherheit sorgen, bringt ein Aufstand in Irland das britische Empire ins Wanken. Die seit Jahrhunderten von den Engländern beherrschte „Grüne Insel" wird seit Kurzem von dem durch Londons Hochfinanz eingesetzten Vizekönig Emanuell Wacron regiert, der sich beim Volk dermaßen unbeliebt macht, dass die Iren in Dublin auf die Straße gehen und protestieren. Angeführt werden die Demonstrationen von Sinn Féin-Chef John O'Kelly und dem royalistischen Patrioten Eoin O'Duffy. Zuerst will der Vizekönig die Proteste einfach ignorieren, aber als dann plötzlich Schüsse

113

fallen eskaliert die Situation und es kommt zum bewaffneten Aufstand.

Derweil sieht in Berlin Kaiser Wilhelm III. die Chance gekommen, das Britische Empire entscheidend zu schwächen und sich für dessen Einmischungen in Finnland, dem Osmanischen Reich und Spanien zu revanchieren. Er entsendet General Hans von Dankenfels mit einigen Freiwilligen nach Irland, um die Rebellion zu unterstützen.

Auch Reinhard Gehlen und seine Spione und Saboteure sind mit von der Partie. Sie sollen hinter den feindlichen Linien für Chaos sorgen. Es dauert nicht lange, bis von Dankenfels und die Kastrup den britischen Besatzungstruppen im Kampf gegenüberstehen.

Das patriotische Heer der Iren rund um Eoin O'Duffy und Hans von Dankenfels scheint völlig vernichtet zu sein. Doch der deutsche Feldherr hat den Sprung in die reißende Strömung überlebt und ist fest entschlossen, den Kampf fortzuführen. Derweil versuchen die Briten Irland wieder völlig unter ihre Kontrolle zu bringen, während der Verbrecher Emanuell Wacron geschickt den Konflikt zum Eskalieren bringt; infolge seiner Intrigen brennt bald darauf sogar Dublin.

Das Deutsche Kaiserreich bereitet eine weitere Expeditionstruppe auf die Landung in Irland vor. Die Streitmacht soll von dem Offizier Erwin Rommel angeführt werden, der bereits einige Pläne hat, wie er die Briten bekämpfen will. Von Dankenfels nimmt zur selben Zeit mithilfe einer Kriegslist einen britischen

Außenposten in Irlands Mooren ein, um von dort aus Kontakt mit der Heimat aufzunehmen.

Der kleine Orkstamm der Mazauk lebt in den trostlosen
Steppen des Nordens. Als die Orks wieder einmal einen
besonders harten Winter vor sich haben, beschließen sie,
im Süden bei den Menschen zu plündern, um sich
Nahrung zu verschaffen. Grimzhag, der Sohn des
Orkhäuptlings Morruk, begleitet die Krieger seines
Stammes bei ihrem Raubzug nahe einer großen
Karawanenstraße. Als die Orks den Händler Zaydan
Shargut überfallen, macht dieser ihnen ein unerwartetes
Angebot. Grimzhag und die anderen Krieger willigen
ein, den Kaufmann bei seinen Plänen zu unterstützen.
Doch dann stellt sich heraus, dass es ein schwerer

Fehler war, Zaydan zu vertrauen. Eine Reihe von Ereignissen mit katastrophalen Folgen nimmt ihren Lauf...

Obwohl die Menschen und Zwerge sein Reich bereits angegriffen haben, versucht Grimzhag noch immer, einen Krieg mit Leevland zu verhindern. Derweil drängt ihn sein eigenes Volk, endlich nach Westen zu ziehen, um Rache an Arasigs Nachfahren zu üben. Zaydan Shargut, der inzwischen zum einflussreichsten Bankier von Leevland aufgestiegen ist, tut seinerseits alles dafür, die Kriegsstimmung anzuheizen. Als der leevländische Kaiser schließlich ein gewaltiges Ritterheer über das Felssäulengebirge führt, lösen sich Grimzhags Hoffnungen auf Frieden endgültig in Luft auf. Der finale Kampf gegen die Todfeinde der Orks rückt unaufhaltsam näher...

Richtenhof wurde von den Orks überrannt und steht in
Flammen. Grimzhags gewaltige Armee stößt ins Herz
des Imperiums von Leevland vor, während Irmynar
nach Westen flieht und versucht, ein Heer aus
Verzweifelten um sich zu scharen. Die von Grimzhag
angeführten Orks fiebern dem großen Finale des
heiligen Krieges gegen Arasigs Nachfahren entgegen,
doch der orkische Herrscher befürchtet, dass dieser
Feldzug sein Weltreich zu Fall bringen könnte. Als
Irmynar von Richtenhof einen ersten Sieg erringt und
plötzlich immer mehr Menschen unter seinem Banner
zusammenströmen, spitzt sich die Situation zu.
Leevlands Schicksal steht auf Messers Schneide...